LUNA DE MIEL EN ORIENTE
JANE PORTER

Editado por Harlequin Ibérica.
Una división de HarperCollins Ibérica, S.A.
Núñez de Balboa, 56
28001 Madrid

© 2015 Jane Porter
© 2016 Harlequin Ibérica, una división de HarperCollins Ibérica, S.A.
Luna de miel en Oriente, n.º 2460 - 20.4.16
Título original: His Defiant Desert Queen
Publicada originalmente por Mills & Boon®, Ltd., Londres.

I.S.B.N.: 978-84-687-7870-9
Depósito legal: M-2990-2016
Impresión en CPI (Barcelona)
Fecha impresion para Argentina: 17.10.16
Distribuidor exclusivo para España: LOGISTA
Distribuidores para México: CODIPLYRSA y Despacho Flores
Distribuidores para Argentina: Interior, DGP, S.A. Alvarado 2118.
Cap. Fed./Buenos Aires y Gran Buenos Aires, VACCARO HNOS.

Capítulo 1

LA NECESIDAD había enseñado a Jemma a ignorar las distracciones. Había aprendido a apartar las cosas en las que no quería pensar para ser capaz de acometer la tarea que tuviese entre manos.

Llevaba dos horas sin dejarse arredrar por el calor sofocante del Sahara, ni por el insistente vacío de su estómago, ni por el estigma que acarreaba su apellido.

Había ignorado el calor, el hambre y la vergüenza, pero no había sido capaz de ignorar la presencia de aquel hombre alto, vestido con una túnica blanca que, de pie a medio metro del fotógrafo, la miraba con sus ojos oscuros y de mirada penetrante, rodeado por media docena de hombres vestidos igualmente con túnicas. Sabía perfectamente quién era. ¿Cómo no? Había asistido a la boda de su hermana cinco años atrás en Greenwich, y cualquier mujer que respirara habría reparado en el jeque Mikael Karim, un hombre alto, moreno, tremendamente atractivo, y encima millonario y recién nombrado rey de Saidia.

Pero se suponía que Mikael Karim iba a estar en Buenos Aires toda la semana, y su repentina aparición en aquella caravana de brillantes todoterreno negros con las lunas tintadas, había puesto la carne de gallina a todo el equipo. Era más que evidente que no estaba contento.

El instinto le decía que algo desagradable podía pasar, pero albergaba la esperanza de estar equivocada. Necesitaba demasiado aquel trabajo como para mostrar otra cosa que no fuera agradecimiento por tener aún la posibilidad de trabajar.

Con cierta frecuencia seguía pasándosele por la cabeza lo mucho que habían cambiado las cosas para ella. Apenas un año antes, era una de las chicas doradas de Norteamérica, envidiada por su belleza, su dinero y su posición como icono de estilo y tendencia. Su familia era poderosa e influyente, pero incluso un clan tan poderoso como el suyo podía caer, y así había ocurrido al descubrirse que Daniel, su padre, era el segundo de a bordo en la mayor estafa habida en Estados Unidos en los últimos cien años. De la noche a la mañana, los Copeland se transformaron en la familia más odiada del país.

Y, en esos momentos, a duras penas conseguía llegar a fin de mes. Los efectos colaterales de la detención de su padre y el torbellino que había despertado en los medios de comunicación habían destruido su carrera. El hecho de que llevara ganándose la vida por sí misma desde los dieciocho años no significaba nada para la opinión pública. Era, simplemente, hija de Daniel Copeland. Discutida, odiada, detestada, ridiculizada. Conseguir trabajo en aquel momento era todo un golpe de suerte, y su carrera, antes brillante, ahora apenas le daba lo suficiente para pagar las facturas, de modo que, cuando su agencia le ofreció un rodaje de cinco días, se aferró a él con uñas y dientes. Era la oportunidad de visitar Saidia, un reino independiente y desértico que se extendía al sur de Marruecos, y había seguido peleando por lograrlo incluso cuando el consulado le negó el visado. Un momento desesperado requería medidas desesperadas, de modo que volvió a pedirlo utilizando el nombre de su hermana Morgan, en el que aparecía su apellido de casada, Xantos.

Sí, estaba corriendo un gran riesgo utilizando un nombre falso, pero necesitaba el dinero. Sin ese cheque no podría pagar la hipoteca de su casa, así que allí estaba, vestida con un abrigo largo de piel de zorro y botas altas, sudando la gota gorda bajo aquel sol de justicia.

¿Y qué si estaba desnuda debajo del abrigo?

Estaba trabajando. Estaba sobreviviendo. Y algún día, volvería a florecer. A pesar de su determinación, el sudor comenzó a acumulársele bajo los senos y a rodar por su abdomen desnudo.Pero no se iba a sentir incómoda por ello, sino sexy.

Y con esa idea en mente inspiró hondo, relajó la cadera y compuso una pose descarada.

–¡Estás preciosa, nena! –exclamó Keith, el fotógrafo australiano–. ¡Más! ¡Sigue así!

Sintió una descarga de placer, que quedó apagada de inmediato al ver cómo Mikael Karim se acercaba al fotógrafo. No había vuelto a acordarse de lo intensamente atractivo que resultaba. Había conocido a varios jeques más, y la mayoría eran bajitos, gruesos, de mirada libidinosa y mofletes gordos, pero él era joven, delgado, fiero, y aquella chilaba blanca solo conseguía hacerle parecer más alto y firme, más cuadrada su mandíbula y más intensos y oscuros sus ojos.

En aquel instante la miró a ella por encima de la cabeza de Keith y le dio un vuelco el estómago. Un timbre de alarma saltó en su cabeza, y cerró los delanteros del abrigo.

–Has perdido la energía –protestó Keith, saliendo de tras la cámara–. ¡Quiero verte sexy, nena!

El jeque rezumaba tensión, una tensión letal que hizo que las rodillas se le volvieran de gelatina. Algo iba mal. Muy mal. Pero Keith no podía verlo, así que seguía apremiándola:

–¡Vamos, concéntrate! Tenemos que rematar.

Tenía razón: tenían que acabar aquella sesión, o no volvería a trabajar jamás. Respiró hondo, echó atrás los hombros y alzó la cara hacia el sol mientras dejaba que el abrigo resbalase y dejase un hombro al descubierto.

–Bien –Keith se llevó la cámara a la cara–. Me gusta. Dame más.

Sacudió la cabeza y sintió que el final de la melena le acariciaba la espalda cuando el abrigo resbaló hasta el inicio de sus senos.

–¡Perfecto! –la animó Keith–. Estás ardiendo, nena, y eso me encanta. No pares.

Era verdad: estaba ardiendo. Arqueó la espalda y dejó los senos al descubierto, sus pezones expuestos al beso del sol. En el mundo del jeque Karim, aquello la enviaría a las llamas del infierno, pero aquel era su trabajo y tenía que hacerlo, así que apartó todo pensamiento de su cabeza que no fuera dar la imagen que querían. Con un movimiento de los hombros, el abrigo se deslizó por un brazo y rozó sus corvas.

–¡Preciosa, nena! ¡Sigue! Eres una diosa. El sueño de cualquier hombre.

No era una diosa, ni el sueño de nadie, pero podía fingir serlo. Podía pretender ser cualquier cosa durante un corto periodo de tiempo. Fingir le ofrecía distancia, le permitía respirar, huir de la realidad de lo que estaba ocurriendo en su casa. Para mantener a raya a la tristeza, cambió de postura, alzó la barbilla y dejó caer el abrigo, exponiendo sus pechos, los pezones desafiantes.

–¡Dame más, preciosa! –silbó Keith.

–No –cortó, seco, el jeque Karim. Fue solo una palabra, pero retumbó como un trueno, silenciando el murmullo de estilistas, maquilladores e iluminadores.

Todos se volvieron hacia él, incluida ella. La expresión del jeque era indescriptible. La boca en una mueca horrible, los ojos negros ardiendo como carbones.

–¡Basta! Ya es suficiente –con una mirada incluyó las tiendas y al personal–. Esto se ha terminado. Y usted, señorita Copeland... cúbrase, y entre en esa tienda. Ahora hablo con usted.

Jemma se tapó, pero no se movió. La había llamado «señorita Copeland», y no señora Xantos, el apellido que había utilizado para pedir el visado. Un miedo atroz le corrió por las venas. Sabía quién era. La había reconocido después de tanto tiempo. Él, que a tantos conocía, la recordaba.

–¿Qué pasa? –preguntó en voz baja, aunque lo sabía de sobra: Se había metido en un lío.

–Creo que lo sabe de sobra –contestó él–. Entre en la tienda y espere.

–¿Para qué? –preguntó, porque las rodillas se le habían bloqueado, negándose a moverse

–Para poder informarla de los cargos que se van a presentar contra usted.

–Yo no he hecho nada malo.

–Más bien todo lo contrario, señorita Copeland: se ha metido en un problema muy serio. Y ahora, si es que le queda una sola neurona en el cerebro, haga el favor de entrar en la tienda y obedecer.

Jemma tenía mucho más que una neurona, por lo que el camino hasta la tienda fue todo un calvario. ¿Qué le iba a pasar? ¿Qué cargos presentarían contra ella? ¿Cuál sería su castigo?

Intentó serenarse controlando la respiración y frenando sus pensamientos. No le serviría de nada tener un ataque de pánico. Sabía que había entrado ilegalmente en el país, y que había accedido a hacer un reportaje para el que las instituciones no habían dado su autorización. Y, para colmo, había enseñado los pechos en público, algo que iba contra la ley de Saidia.

Y todo porque no había pedido dinero en casa desde

que tenía dieciocho años, y no iba a empezar a hacerlo a aquellas alturas.

Una vez dentro de la tienda, se quitó el pesado abrigo y lo sustituyó por un ligero kimono de algodón rosa que se ató en la cintura. Sentada en el taburete, delante del espejo del tocador, volvió a oír la voz del jeque. «Más bien todo lo contrario...»

Fuera hablaban en voz baja, con urgencia. Eran voces masculinas y una única voz femenina, que pertenecía a Mary Leed, la directora editorial de *Catwalk*. Mary era una mujer muy serena, que rara vez perdía la compostura, y, sin embargo, parecía aterrada. El corazón volvió a desbocársele. Mal. Aquello pintaba muy mal.

Tragó saliva y el incendio del estómago arreció. No debería haber ido, pero ¿qué otra cosa podía hacer? ¿Venirse abajo? ¿Romperse en pedazos? ¿Acabar en la calle sin un duro, sin casa y sin esperanza? No. No iba a consentirlo, ni a ser blanco de la piedad o las burlas de los demás.

Ya había sufrido bastante a causa de su padre. Los había traicionado a todos: a sus clientes, a sus socios, a sus amigos, e incluso a la familia. Era un hombre egoísta, implacable y destructivo, pero el resto de su familia, no. Los Copeland eran buena gente.

«Buena gente», se repitió mentalmente, estirando una pierna para bajarse la cremallera de la bota, pero las manos le temblaban de tal modo que le estaba resultando imposible. Tendrían que haber rodado en Palm Springs y no allí, teniendo en cuenta lo estrictas que eran las leyes de conducta moral en Saidia. Hasta hacía bien poco, los matrimonios no solo se concertaban, sino que se imponía la pareja elegida. Los líderes tribales raptaban a su novia en las tribus vecinas.

Se estaba bajando la cremallera de la otra bota cuando la puerta de la tienda se abrió y Mary entró con el jeque.

Dos miembros de su guardia se quedaron fuera. Mary estaba muy pálida.

–Tenemos problemas –Mary no la miraba a los ojos, sino a algún punto por encima de su hombro–. Estamos recogiendo todo el equipo para volver de inmediato a la capital. Vamos a tener que enfrentarnos a algunas denuncias y pagar una multa, pero con un poco de suerte el equipo podrá volver a Inglaterra mañana o pasado –hubo un instante de duda antes de continuar–. Pero no todos. Jemma, me temo que no vas a poder salir del país por el momento.

Fue a levantarse, pero se acordó de que solo llevaba una bota, de modo que no se movió.

–¿Por qué?

–Tú te enfrentas a cargos distintos a los nuestros –respondió, aún sin mirarla a los ojos–. Nosotros tenemos problemas por haberte contratado, pero tú... en tu caso es por...

No terminó la frase. No necesitaba hacerlo. Jemma sabía a qué respondían sus problemas.

–Lo siento –dijo, y miró a Mary y al jeque–. Lo siento mucho...

–No me interesa –le espetó él.

–He cometido un error...

–Un error es ponerse un zapato negro y otro azul. Un error es olvidarse de cargar el móvil. Pero no entrar en un país de manera ilegal, con una identidad falsa y con un objetivo distinto al que se comunica a las autoridades. No tiene usted permiso de trabajo, ni visado –su voz temblaba de furia y desprecio–. Usted ha cometido una felonía deliberadamente, señorita Copeland.

Jemma se llevó una mano al estómago. No quería vomitar allí mismo, aunque los días de rodaje apenas comía para que en las fotos se viera su vientre lo más plano posible.

–¿Qué puedo hacer para arreglarlo?

–Nada –respondió el jeque–. El equipo de rodaje se presentará ante el juez y pagará una multa, pero a usted la juzgará un tribunal diferente y su sentencia será distinta.

–Entonces, ¿me van a separar de todos? –preguntó, sin mover un músculo.

–Sí –se limitó a asentir, y luego se volvió hacia Mary–. Usted y el resto del equipo han de marcharse inmediatamente. Mis hombres los acompañarán para velar por su seguridad –y miró a Jemma–. Usted vendrá conmigo.

Mary asintió y salió de la tienda mientras Jemma sentía el corazón alojado en la garganta. Miró al jeque. Estaba enfadado. Muy, pero que muy enfadado.

Tres años antes, se habría derrumbado. Dos años atrás, se habría echado a llorar. Pero eso le habría ocurrido a la Jemma de antes, a la chica que había crecido entre algodones, protegida por un hermano mayor y tres hermanas que la adoraban.

–¿Y dónde van los culpables de felonía? –le preguntó–. ¿Voy a ir a la cárcel?

–Si tuviera que presentarse ante el juez mañana, sí. Pero en su caso no va a juzgarla un tribunal ordinario, sino el consejero de mi tribu. Él será quien actúe como magistrado.

–¿Por qué un juez y un tribunal distintos para mí?

–Porque a ellos se les acusa de delitos contra Saidia, mientras que a usted... –hizo una pausa para mirarla y poder evaluar el impacto de lo que iba a decirle–. Usted está acusada de delitos contra los Karim, la familia real de Saidia. Por eso la conducirán ante un juez de mi estirpe y será él quien emita el veredicto.

–No entiendo. ¿Qué le he hecho yo a su familia?

–Robarnos. Avergonzarnos.

–¡Eso no es cierto! ¡Ni siquiera los conozco!

–Su padre, sí.

Jemma se quedó paralizada. Todo se detuvo. ¿Acaso no iba a tener fin el rastro de devastación que habían ido dejando los actos de su padre?

–Pero yo no soy mi padre.

–No, pero lo representa.

–¡No!

–Sí –el jeque apretó los dientes–. En la sociedad árabe, siempre permanecemos conectados con nuestras familias. Cada uno representa a su familia con su vida, y por eso es tan importante cuidar del honor de los nuestros. Su padre robó a la mía, avergonzando a los Karim, y a toda Saidia.

Jemma tragó saliva.

–Yo no soy como mi padre.

–Pero es su hija, y ha entrado en mi país ilegalmente. Ya es hora de enmendar el mal, de resarcirnos del agravio sufrido por su ofensa y la de su padre.

–¡Pero si yo ni siquiera mantengo relación con él! Hace años que no lo veo, ni sé...

–Este no es el momento. Nos aguarda un largo viaje, así que le sugiero que acabe de vestirse para poder salir cuanto antes.

–Por favor...

–No depende de mí.

–¡Pero usted es el rey!

–Y los reyes deben recibir obediencia, sumisión y respeto, incluso de los visitantes extranjeros.

–Me gustaría reparar el daño que haya podido causar...

–Y lo hará. No le queda otro remedio.

La dureza de su tono de voz la hizo encogerse. No había calor alguno en su mirada. Era un hombre frío, y ella sabía demasiado bien que esa clase de hombres eran peligrosos.

—¿Puedo pagar una multa?

—No va a poder salir de esta con dinero, señorita Copeland. Y su familia está en bancarrota.

—Podría intentar que Drakon...

—No va a llamar usted a nadie —la interrumpió—. No pienso permitir que el exmarido de su hermana le pague una fianza. Era mi amigo, y, según tengo entendido, ha perdido toda su fortuna gracias a su padre, así que creo que ya ha pagado un precio bastante alto por su asociación con la familia Copeland. Ya es hora de que usted y su familia dejen de esperar que vengan otros a limpiar lo que ustedes ensucian, y que comiencen a asumir la responsabilidad de sus errores.

—Seguramente esté en lo cierto, pero Drakon no es cruel. A él no le parecería bien que usted...

Le falló la voz al encontrarse de nuevo con sus ojos. La ira brillaba nítidamente en ellos.

—¿No le parecería bien qué? —le preguntó en voz baja—. ¿Qué es exactamente lo que no aprobaría?

El corazón le latía tan deprisa que le dolía el pecho. Tenía que andarse con cuidado. No podía enemistarse con él cuando necesitaba de su protección. Tenía que ganárselo, lograr que la viera como a una mujer, y no como a la hija de Daniel Copeland.

—No le parecería bien que incumpliera sus leyes —admitió despacio, esforzándose por no perder el control y aferrándose a la poca dignidad que le quedaba—. Tampoco le parecería bien que hubiera utilizado el pasaporte de mi hermana. Se enfadaría. Y se desilusionaría.

Mikael Karim arrugó el entrecejo.

—Le habría desilusionado —insistió.

Capítulo 2

MIKAEL vio cómo le temblaban los labios antes de que se diera la vuelta para mirarse al espejo, quitarse la otra bota y comenzar a desmaquillarse.

Le había sorprendido su serenidad. Se esperaba lágrimas, histeria, pero se había mostrado tranquila, reflexiva, respetuosa.

Quizás no era tan tonta como se había imaginado. A lo mejor se escondía un cerebro detrás de esa cara bonita. Entonces, ¿por qué habría desafiado todas las leyes internacionales con el fin de entrar en un país extranjero con una identidad falsa, para luego desnudarse en público?

Ni siquiera en San Francisco o en Nueva York se lo permitirían.¿Cómo había podido creer que allí sí?

Parecía tan dulce y arrepentida en ese momento, desprovista de maquillaje ya, pero todo era una farsa. Estaba intentando engañarlo, igual que su padre había engañado a su madre, robándole, además de su dinero, su dignidad. Su madre estaría viva de no ser por Daniel Copeland. Menos mal que él no era su madre.

¿Acaso Daniel Copeland se había apiadado de su madre?¿Por qué entonces iba a recibir su hija un tratamiento preferente?

–¿Estará presente un abogado? –preguntó ella, rompiendo el silencio.

–No.

–¿Es que no voy a tener representante legal?

–No.

La vio fruncir el ceño y apretar los dientes, y le resultó más hermosa preocupada que adoptando aquellas poses sobre la arena del desierto, con aquel abrigo de pieles y las botas de tacón. Sí, era hermosa, y sí, incluso en el interior de aquella tienda mal iluminada y asfixiante, brillaba como una gema: cabello oscuro y lustroso, centelleantes ojos verdes, piel luminosa, labios sonrosados... pero seguía siendo una delincuente.

–No habrá abogados –precisó, detestándose por ser tan consciente de su belleza–. Yo presentaré el caso y el juez emitirá sentencia.

–¿Se representa a sí mismo?

–Represento a mi estirpe, la familia Karim, y a las leyes de este país.

Jemma hizo girar el taburete para quedar de frente a él, con las manos apoyadas en los muslos y el kimono ligeramente abierto a la altura de sus pechos.

–Lo que en realidad quiere decir es que va a testificar en mi contra.

–Presentaré los hechos, pero no seré yo quien los juzgue.

–¿Se presentará el caso en mi idioma?

–No.

–Entonces, podría decir cualquier cosa.

–¿Por qué iba a hacerlo? Ha transgredido muchas leyes, leyes importantes, creadas para proteger nuestras fronteras y la seguridad de mi pueblo. No hay necesidad de añadir nada. Lo que ha hecho ya es bastante serio de por sí, y el castigo será proporcional a la ofensa.

Vio un fogonazo de luz en sus ojos, pero no pudo decir si era miedo o ira porque no contestó.

Pasaron los segundos en silencio.

–¿Proporcional? –preguntó al final.

–Habrá cárcel.

–¿Por cuánto tiempo?

Las preguntas le hacían sentirse incómodo.

–¿De verdad quiere hablar de esto ahora?

–Por supuesto. No quiero andar a ciegas.

–La sentencia mínima oscila entre cinco y diez años. La máxima, más de veinte.

Se quedó pálida, con la boca entreabierta, pero no dijo nada. Simplemente se quedó mirándolo, incrédula, antes de volverse muy despacio al tocador. Estaba intentando no llorar.

Tendría que marcharse, pero sus pies se negaban a moverse. Todo aquello era culpa de ella, aunque él estuviera sintiendo una extraña presión en el pecho. Podía verla cinco años atrás, con aquel vestido azul cielo con el que fue dama de honor en la boda de su hermana mayor, y oír su risa al hacer el brindis tras la ceremonia.

–En cuanto se haya vestido, nos vamos.

–Necesitaré cinco o diez minutos.

–Por supuesto.

Ella lo miró un momento en silencio.

–¿Y no tiene usted nada que decir en las sentencias?

–Tengo mucho que decir. Soy el rey. Puedo promulgar leyes nuevas, derogar las que ya existen... pero saltarme la ley no me haría un buen rey para mi gente, de modo que yo también respeto las leyes de mi país, y estoy comprometido con hacer que se respeten.

–¿Podría pedirle al juez que sea indulgente conmigo?

–Podría.

–Pero no lo va a hacer...

No contestó de inmediato, lo cual era buena señal.

–¿Lo pediría si fuera otra mujer?

–Dependería de quién fuera, y de lo que hubiera hecho.

–Entonces, su relación con ella influiría en su decisión.

–Por supuesto.

–Entiendo.

–Del mismo modo que su carácter influiría en mi decisión.

Entonces comprendió que no iba a ayudarla. No le gustaba. No aprobaba nada de ella, y no le inspiraba compasión porque era una Copeland, y había sido un Copeland, su padre, quien había engañado a su familia. No había nada en ella que mereciera la pena salvar.

Durante un instante no pudo respirar. El dolor era tan intenso que la incapacitaba. Casi igual que el que sintió cuando Damien la dejó. Decía que la quería, que deseaba pasar la vida a su lado, pero, cuando empezó a perder trabajo tras trabajo, decidió que era mejor perderla a ella que perder su carrera.

–Espera que el juez me condene a prisión durante un periodo no inferior a cinco años, ¿verdad?

El silencio volvió a extenderse durante un instante.

–No espero que el jeque Azizzi le imponga una condena mínima.

Ella asintió una sola vez.

–Le agradezco que por lo menos sea sincero.

Tomó una bola de algodón y comenzó a desmaquillarse un ojo.

Entonces él salió. Gracias a Dios, porque no iba a conseguir mantener la compostura mucho más.

Estaba tan asustada... ¿De verdad iba a ir a la cárcel? ¿De verdad permitiría él que un juez la encerrara durante años?

Se levantó del tocador y fue a buscar el móvil en el bolso. No había cobertura. No podía llamar a nadie y alertarles de su situación. Lo único que podía esperar era que Mary hiciera algunas llamadas en su nombre al llegar a Londres.

Se vistió con una falda de lino corta, camiseta de punto blanca y americana gris. Respiró hondo y salió de la tienda para encontrarse con el último rayo de luz. El desierto brillaba en tonos ámbar, rubí y oro. De la caravana de coches que habían llegado al rodaje dos horas antes solo quedaba la mitad.

–Nos vamos. ¿No lleva maleta, ni más ropa que esa? –le preguntó él, señalando el bolso

–Tengo un par de prendas aquí, pero el resto está en el hotel. ¿Podemos recogerlo?

–No. Adonde va, no lo va a necesitar.

Abrió los ojos de par en par y fue a protestar, pero su expresión le hizo guardar silencio.

El jeque abrió la puerta. El coche estaba en marcha.

–Es hora de irse.

Jemma tragó saliva y subió al asiento de cuero negro, aterrada. ¿Dónde iban a llevarla? El jeque se sentó a su lado. Decidió mirar por la ventanilla hasta que consiguiera serenarse un poco.

Intentó imaginarse en otro sitio, siendo otra persona. El sol estaba ya bajo y los colores eran cambiantes, oscureciéndose rápidamente. En otra situación, la belleza del momento la habría sobrecogido, pero dadas las circunstancias, se sintió desvalida.

Había ido a Saidia con la intención de salvar lo que quedaba de su mundo, y en vez de ello, lo había malogrado todo.

–¿Dónde vive el jeque Azizzi? –preguntó, con la mirada puesta en una duna lejana.

El sol caía cada vez más rápido, pintando el cielo con un color sonrosado y rojo que teñía la arena.

–En Haslam. A dos horas de coche, si no hay tormenta de arena.

–¿Cuándo veremos al juez?

–Esta noche.

—¿Hoy mismo? Si ha dicho que tardaremos horas en llegar.

—Nos están esperando.

—¿Y conoceremos su veredicto esta noche?

—Sí —respondió él, con expresión dura—. Va a ser una noche muy larga.

—Es rápida la justicia en Saidia —comentó ella.

—Nadie tiene la culpa de esta situación salvo usted misma.

Jemma prefirió no contestar, pero, al parecer, al jeque no le satisfacía su silencio.

—¿Por qué lo ha hecho? —preguntó, en un tono casi salvaje—. Tenía una carrera satisfactoria. ¿No podía haberse conformado con menos?

—Estoy sin dinero y necesitaba el trabajo. Podía perder mi casa.

—Ahora va a perderla de todos modos. No podrá pagar nada desde la cárcel.

—A lo mejor alguien... —no terminó la frase al ver cómo la miraba—. Sí, ya lo sé. Sé que piensa que no merezco ayuda, pero se equivoca, porque no soy como usted piensa. No soy esa mujer egoísta y horrible que está empeñado en hacerme parecer.

—Entonces, ¿por qué ha entrado en mi país con el pasaporte de su hermana? No creo que se lo prestara ella, ¿verdad? —siguió hablando sin darle oportunidad de responder—. Drakon era uno de mis mejores amigos, y no sé si no se acuerda, pero asistí a su boda en Greenwich hace cinco años, y aunque Morgan y usted comparten el mismo color de pelo, no se parecen en lo demás. Ha sido una estupidez intentar hacerse pasar por ella.

El cansancio y el miedo empezaban a acumularse en ella, a martillearle dentro de la cabeza, y se rozó las sienes con las manos.

—¿Cómo ha averiguado que estaba aquí?

La miró con desdén.

–La estilista que la acompaña es muy charlatana. Hace dos noches estuvo en un bar bebiendo y hablando sin parar del rodaje, las modelos y de usted. Al parecer, su nombre se mencionó al menos una docena de veces, y bastó un par de *tweets* para que se hiciera viral. Yo estaba tan tranquilo en Buenos Aires, y de pronto me vi subiendo al avión para volver y enfrentarme a usted.

–Podía haber dejado que me marchara. Nos íbamos mañana, de todos modos. No tenía por qué haber vuelto a toda prisa para detenerme.

–No. Podía habérselo pedido a la policía, y lo habrían hecho, pero no se habrían mostrado ni tan educados ni tan pacientes como yo. La habrían esposado y en la caja de un camión la habrían trasladado a la cárcel, donde habría languidecido durante días, o semanas, hasta que un tribunal la hubiera juzgado y la hubiera condenado a cinco, diez, quince años, o puede que más, en nuestra cárcel estatal. Una aventura nada agradable, se lo aseguro –su expresión era fiera–. Usted no lo sabe, pero le he hecho un favor. He intervenido en su beneficio, y aunque permanecerá encerrada un tiempo, será en un lugar más pequeño, en una casa particular. Gracias a mí, cumplirá condena bajo arresto domiciliario en lugar de en una cárcel estatal, así que ya puede empezar a darle las gracias a su buena estrella por que yo la haya encontrado.

–Me sorprende que haya intervenido, dado lo mucho que odia a los Copeland.

–A mí también –respondió tras un breve titubeo.

Capítulo 3

DURANTE varios minutos viajaron en silencio.

—¿Y por qué ha vuelto tan rápidamente de Buenos Aires, siendo que detesta a mi familia? —le preguntó, incapaz de contener su curiosidad.

No contestó de inmediato, y cuando lo hizo fue con brusquedad:

—Drakon.

—Debe saber que no le va a parecer bien que me encierre, ya sea por seis meses como por seis años —dijo, eligiendo con cuidado las palabras—. Soy su cuñada.

—Su excuñada. Morgan y Drakon están divorciados, o separados. Algo así.

—Pero le gusto. Soy su ojito derecho.

—Puede ser, pero es usted una delincuente. Por muy protector que sea con usted, no tendrá más remedio que asumir que ha transgredido la ley, y que eso acarrea consecuencias. Saidia no puede ignorar sus leyes, ni yo puedo gobernar a capricho. Y al final, los Copeland pagarán por los delitos que han cometido.

Se le encogió el corazón.

—Quiere verme sufrir —susurró.

—Su padre debería haber asumido la responsabilidad de lo que había hecho, pero huyó.

—Detesto lo que hizo, jeque Karim. Me enferma cómo traicionó a sus clientes, a sus amigos. No puedo soportarlo.

—Su visado fue denegado por una razón. Era una advertencia. El rechazo debería haberla protegido. No tendría que haber venido.

Jemma se dio la vuelta para secarse las lágrimas antes de que pudieran caer. Sintió la mirada de Mikael. Sabía que la observaba, y su examen le aceleró el pulso. Se sentía acorralada. Atrapada. Se estaba ahogando. Agarró con fuerza el tirador de la puerta. Si pudiera saltar del coche, lanzarse al desierto, esconderse, desaparecer...

Pero las cosas no funcionaban así.

Su padre había intentado evitar que lo detuvieran y había escapado en su yate, atravesando el océano con la esperanza de encontrar un paraíso donde fuera. Pero su barco había sido asaltado frente a las costas africanas, secuestrado y retenido a cambio de un rescate. Nadie había pagado un céntimo, de modo que había sido retenido durante meses, algo que a la gente le había encantado. Les gustaba verlo avergonzado y sufriendo.

Respiró hondo y entrelazó los dedos. No le gustaba pensar en él, y menos aún imaginárselo indefenso. Si no hubiera huido...

Si no hubiera robado el dinero de sus clientes...

Si no...

–Las puertas están cerradas –le advirtió él con sequedad–. No puede escapar.

–No –murmuró–. No se puede escapar.

Y volvió a mirar por la ventanilla, temblando por dentro. Aquel año había sido espantoso. Aún se sentía destrozada, rota, devastada por la duplicidad y la traición de su padre. Y con el corazón hecho pedazos por el rechazo de Damien.

No podía haberse imaginado que su vida iba a descarrilar de aquel modo. Un día todo era normal y, al siguiente, el caos y la destrucción. Los medios de comunicación la habían localizado de inmediato en Londres y habían acampado delante de su piso, en filas de a tres, todos con cámaras, micrófonos y preguntas que le lanzaban en cuanto abría la puerta.

—¿Cómo se siente sabiendo que su padre es el mayor estafador de la historia de Estados Unidos?

—¿Vas a pagar tú o tu familia a toda la gente que ha quedado arruinada?

—¿Te compró tu padre el piso, Jemma?

Había sido difícil soportar aquel asedio constante a preguntas, pero entraba y salía, decidida a seguir trabajando, a mantener su vida dentro de la normalidad.

En cuestión de una semana, todos los trabajos desaparecieron. Todas las revistas de moda y diseñadores que contaban con sus servicios lo cancelaron todo en un abrir y cerrar de ojos.

Era un horror que seis meses de trabajo quedaran perdidos en apenas unos días, pero entonces Damien comenzó también a no tener ofertas y a no conseguir nada nuevo, así que la dejó.

Y, en el fondo, lo comprendía. Era perjudicial para su carrera. Para todo el mundo.

Angustiada, hundida, abrió los ojos para encontrarse con que el jeque Karim la estaba observando.

Se le llenaron los ojos de lágrimas, a pesar de la vergüenza que sentía, de lo horroroso que era sentirse débil. ¿Cómo podía sentir lástima de sí misma? Le iba mejor que a mucha otra gente. Desde luego, mejor que a los miles a los que su padre había dejado sin un céntimo.

Pero nunca hablaba de él, o de lo que había hecho, como tampoco reconocía abiertamente la vergüenza que sentía. No había palabras para describirla, ni medio para arreglarlo.

—No interprete lo que voy a decir como una provocación, por favor, ni tampoco como una falta de respeto

–dijo en voz baja, secándose las lágrimas–, pero no he venido aquí por diversión. He venido a Saidia porque necesitaba desesperadamente trabajar. Creía que podría venir, rodar y tomar de nuevo el avión para volver a casa sin que nadie se enterase. Está claro que me equivocaba, y lo siento muchísimo.

Mikael escuchó su disculpa en silencio. Para él no significaba nada. Las palabras eran fáciles de decir. Los actos eran lo difícil. Los actos y sus consecuencias requerían esfuerzo. Dolor. Sudor. Sacrificio. Se le ocurrió que Jemma no tenía ni idea de lo que le esperaba una vez llegasen a Haslam. El jeque Azizzi no era precisamente un hombre comprensivo. Era un representante del viejo mundo, de la vieja escuela, decidido a preservar las costumbres de la tribu cuanto fuera posible.

Además era su padrino, íntimo de su familia, conocedor de todos los secretos de los Karim, incluido el divorcio de sus padres y la expulsión de su madre de Saidia. Nunca había sido precisamente un entusiasta de su madre, pero el divorcio le había horrorizado, a él y a toda Saidia. En los más de mil años que la familia Karim llevaba reinando, nunca había habido un divorcio, y el drama y la interminable publicidad que había suscitado, aunque la noticia había aparecido en la prensa internacional, y no en la de Saidia, había alienado a la población.

No. Su padre no había sido un buen rey. De no haber fallecido cuando lo hizo, habría podido llegar a producirse un alzamiento.

Por eso, desde que Mikael accedió al trono, se juró ser un verdadero líder para el pueblo de Saidia. Un buen rey. Un rey justo. Se juró representar debidamente a aquel pueblo, y prometió proteger la cultura del reino del desierto, lo mismo que sus antiguas costumbres. El jeque Azizzi era una figura espiritual y política. Era un hombre sencillo, un anciano de pueblo, pero valiente y sabio. Su padre y él habían crecido juntos, y el padre del jeque Azizzi había servido como consejero de la familia real, pero su hijo no había querido ese cargo. Él era profesor, un pensador, un granjero que prefería la vida tranquila en la vieja Haslam, una ciudad fundada cientos de años antes, en la base de las montañas Tekti.

–Le pediré que sea justo, pero no puedo pedirle compasión –dijo Mikael de pronto–. La compasión se parece demasiado a la debilidad. Carece de fuerza, de convicción.

–¿Conoce la historia de mi padre, y lo que le ha hecho a su familia?

–Sí.

–Entonces, no va a ser justo.

–Justo según nuestras leyes. Puede que no de acuerdo con las suyas.

Durante dos horas, el convoy de coches viajó por el desierto antes de tomar dirección sudeste hacia la base de las montañas. Ascendieron por una carretera estrecha y sinuosa, atravesaron un angosto paso de montaña y por fin comenzó el descenso hacia el valle hasta una pequeña ciudad amurallada construida al pie de las montañas.

Jemma se alegró de que aminorasen la marcha. Necesitaba aire fresco. Agua. Estirar las piernas.

–Haslam –anunció el jeque.

Ladeó la cabeza para ver mejor. Murallas de seis metros la rodeaban, rematadas por torres y parapetos. Las luces de los coches iluminaban unas enormes portaladas de madera, que se abrieron lentamente para que el convoy pudiera entrar. Apenas un minuto después, se detenían ante un edificio de dos plantas que parecía casi idéntico a los demás.

Jemma frunció el ceño. No parecía la sede de un tribunal, ni un edificio oficial, sino una casa ordinaria.

El conductor bajó y abrió su puerta.

–Entraremos a tomar el té y a conversar, pero nadie habla inglés, y no la entenderán. Lo mismo que tampoco entenderán el largo de su falda.

Se inclinó por encima de ella para hablar con el conductor. Este asintió y desapareció.

–He pedido que le traigan una chilaba –explicó–. No ayudará nada a su caso que se presente delante del jeque Azizzi vestida así. Debe mostrarse callada, educada y respetuosa. Usted es una extranjera aquí, y tiene que causar buena impresión.

–¿El jeque Azizzi está aquí?

–Sí.

–¿Y voy a presentarme ante él ahora?

–Sí.

Una nueva ola de pánico se abalanzó sobre ella.

–¡Pero si me ha dicho que íbamos a tomar un té y a charlar!

–Y es exactamente eso lo que vamos a hacer. El proceso judicial funciona así. No tenemos un tribunal con muchos observadores, sino algo más íntimo, más... personal. Nos sentamos a una mesa, tomamos té y hablamos. El jeque tomará después una decisión, o bien se retirará a reflexionar y volverá luego a decirnos qué ha pensado hacer.

–¿Y todo depende de él?

–Sí.

–¿No podría tomar la decisión por él? Usted es el rey.

–Podría, pero dudo que lo hiciera.

–¿Por qué?

–Él es un juez tribal, el más alto honor de mi tribu. Como beduinos, honramos a nuestros mayores, y él es la persona más respetada en mi tribu.

El conductor volvió con una túnica de algodón azul

oscuro y se la entregó al rey, quien indicó a Jemma que se la metiera por la cabeza.

—Es una prenda más conservadora, y hará que el jeque se sienta más cómodo.

—¿No debería cubrirme también el pelo?

—Sabe que es usted estadounidense, y que su padre es Daniel Copeland.

—No deseo ofenderle más.

—Puede recogerse el pelo con una goma, aunque el que lo lleve recogido no va a cambiar su opinión. Nada lo hará. Es su destino. El karma.

Jemma se recogió rápidamente el pelo y bajó del coche siguiendo a Mikael. Destino, karma. Palabras que reverberaban en su cabeza mientras caminaba detrás del jeque hacia la casa.

Hombres vestidos con túnicas se alineaban a ambos márgenes del camino de tierra, inclinándose a su paso. Mikael se detuvo un instante a saludarlos y con la mano hizo un gesto de saludo a los niños que se asomaban por las ventanas más altas. Una puerta se abrió y entraron.

Velas y candelabros iluminaban el interior. Las paredes eran blancas y estaban desprovistas de todo adorno. Unas vigas de madera oscura sostenían el techo, que en el salón se habían pintado en color crema y un ligero dorado. Les condujeron a una mesita baja, y Jemma pudo ver más niños asomándose desde detrás de una cortina antes de que alguien se los llevara.

—Siéntese aquí —le dijo Mikael, señalando un cojín colocado en el suelo ante una mesa cuadrada—. A mi derecha. El jeque Azizzi se sentará frente a mí. Se dirigirá a mí, pero así podrá verla fácilmente.

Jemma se sentó y cruzó las piernas.

—¿No me va a preguntar nada?

—No. Yo le expondré los hechos mientras tomamos té. Él los considerará y tomará una decisión.

–¿Así es como se resuelven todos los delitos contra la tribu?

–Si no se trata de un crimen violento, ¿por qué la sentencia tendría que ser un proceso caótico y violento?

Jemma estiró el suave tejido de algodón de su túnica sobre las piernas.

–Pero su país tiene una larga historia de agresiones: enfrentamientos entre tribus, rapto de novias, matrimonios forzados –lo miró un instante antes de continuar–. No pretendo ser sarcástica. Lo pregunto con total sinceridad. ¿Cómo se logra el equilibrio entre ese ideal de civismo al emitir una sentencia, con lo que los occidentales consideraríamos costumbres bárbaras?

–¿Se refiere a lo de raptar a la novia?

–No. Me refería a lo de los matrimonios concertados.

Él no contestó. Los segundos avanzaban penosamente.

Jemma se llevó las manos al estómago, intentando calmar las náuseas.

–¿De verdad raptan a la novia?

–Si se es miembro de una de las familias reales, sí.

–¿Por qué?

Él se encogió de hombros.

–Es el modo de proteger a la tribu: estrechando nuevos lazos a través de los matrimonios con personas de otra tribu.

–Es una costumbre bárbara, un acto violento.

–El matrimonio es forzado, sí, pero el sexo suele ser consensuado –sus ojos oscuros se clavaron en los de ella–. Secuestramos a una mujer de otra tribu para ajustar cuentas, pero la novia cautiva se convierte en la esposa de un rey. El matrimonio debe ser satisfactorio para ambos.

–¡Difícilmente puede ser satisfactorio un matrimonio forzado!

–No es tan distinto de uno concertado, y esa clase de emparejamiento también resulta ajeno al modo de pensar occidental. Quizás sería mejor que no lo juzgara.

Una sombra apareció en una de las puertas, y un hombre de edad vestido con túnica entró. Mikael se levantó a abrazarlo. A continuación, se agarraron el uno al otro el brazo y hablaron en árabe. Un momento después, se sentaron a la mesa sin dejar de conversar.

El jeque Azizzi ni siquiera la había mirado, y Mikael no había vuelto a hacerlo. Su conversación sonaba grave. No había risas, ni siquiera sonrisas. Hablaban por turnos. El tono general era sombrío. Intenso.

Poco después, un hombre entró con la bandeja del té. El jeque y Mikael no le prestaron atención, pero Jemma se alegró de ver que lo acompañaban galletas y frutos secos. Tenía hambre y sed. Miró la taza que le pusieron delante y el plato de galletas y frutos secos, pero no se atrevió a tocar nada, a la espera de que Mikael o el jeque Azizzi le hicieran alguna señal. Pero ninguno de los dos miró siquiera hacia ella.

Ansiaba tomar un sorbo, pero esperó.

Hablaron por lo menos otros quince minutos. el sirviente retiró la tetera que se había quedado fría y volvió con otra humeante.

El estómago de Jemma protestó ruidosamente. Quería comer algo. Ni siquiera le importaba a qué supiera el té. Solo quería tomar una taza, pero permaneció inmóvil. Cerró los ojos y se concentró en despejar la mente y en su respiración. No iba a pensar en nada, ni a preocuparse por nada...

–Tómate el té, Jemma –dijo Mikael de pronto.

Abrió los ojos y lo miró. Se había dirigido a ella por su nombre de pila, y el tono en que lo había hecho le resultó extraño. No se lo había pedido, se lo había ordenado.

Y esperaba que obedeciera.

Nerviosa, alcanzó la taza y tomó un sorbo. El té estaba templado y amargo, pero le humedeció la garganta y continuó tomando pequeños sorbos mientras los hombres seguían hablando.

Era el jeque Azizzi quien intervenía. Su voz sonaba profunda y cavernosa, y sus palabras tenían una cadencia medida, deliberada.

«Está sentenciándome», pensó, y sintió un calambre en el estómago. Miró rápidamente a Mikael, intentando descifrar su reacción, pero su rostro estaba completamente inexpresivo. Tomó un sorbo de té, y otro, y tras lo que le pareció un silencio interminable, contestó. Su respuesta no fue muy larga, pero sí brusca. No estaba satisfecho. Seguro.

Los dos se quedaron en silencio. El jeque Azizzi comió un melocotón seco. Siguieron tomando té. No hubo conversación alguna en aquel momento.

Mikael dejó su taza sobre la mesa y habló al fin. Su tono era tranquilo, pero había una firmeza en él que no había sonado antes.

Un músculo tembló en la mandíbula de Mikael Karim. Apretó los labios. Habló. Fue un monosílabo.

Tras un momento, el jeque Azizzi murmuró algo y se levantó, dejándolos solos.

Capítulo 4

LAS cosas no habían salido bien.

Consciente de que Jemma lo estaba mirando, y de que había estado esperando durante toda una hora con una paciencia en realidad excepcional para conocer su suerte, Mikael se volvió a mirarla.

Las sombras bailaban en las paredes, extendiéndose sobre el suelo de baldosas. No le gustaba. No la admiraba. No sentía nada positivo por ella, pero aun con aquella luz escasa, debía reconocer su gran belleza. No era solo guapa, sino extraordinariamente bella. Su rostro estaba formado por planos de una belleza serena, con una frente alta y despejada, unos pómulos prominentes y una barbilla firme bajo una boca de labios generosos.

La fatiga y el miedo la habían dejado pálida, y esa falta de color hacía que sus ojos se vieran aún más verdes, como brillantes esmeraldas sobre el marfil satinado de su piel.

Sentado tan cerca de ella podía sentir su cansancio. Estaba al límite de su resistencia.

Se dijo que no le importaba, pero su belleza lo conmovió. Su madre también había sido una mujer muy hermosa, al igual que la segunda y la tercera esposa de su padre. Un rey podía tener a cualquier mujer. ¿Por qué no iba a ser una rara joya?

Jemma lo era. Pero una rara gema en una montura defectuosa.

Tenía que elegir: salvar la joya, u olvidarse de ella. La decisión era suya. El jeque Azizzi la había dejado en sus manos.

—¿Y bien? —preguntó ella en voz baja, rompiendo el silencio—. ¿Qué ha dicho?

Mikael siguió mirándola sin hablar, con los pensamientos desperdigados. No la necesitaba. No le gustaba. Nunca llegaría a amarla. Pero la deseaba.

No le sería difícil acostarse con ella, y se preguntó cómo respondería en la cama: ¿sería dulce y ardiente, o fría y frígida?

—Me ha dado a elegir entre dos sentencias distintas.

—¿Por qué?

—Porque el jeque Azizzi me conoce, y sabe que siempre deseo hacer lo correcto, pero lo correcto no es siempre popular.

—No entiendo.

—He de decidir entre seguir una antigua ley de nuestro pueblo, o un castigo moderno.

—¿Y ha tomado una decisión?

—Aún no.

—¿Qué posibilidades le ha ofrecido?

—Siete años de arresto domiciliario aquí, en Haslam...

—¿Siete años?

—O que la tome por esposa.

—No tiene gracia. Ni la más mínima.

—Es que no es una broma. Es una de las dos opciones que se me han presentado. Casarme con usted, o dejarla aquí, en Haslam.

Jemma se quedó aún más pálida.

—Ya le advertí que el jeque Azizzi no iba a ser indulgente. Tampoco es entusiasta de la familia Copeland. Sabe lo que su padre le hizo a mi madre, y quiere enviar el mensaje de que Saidia no va a tolerar el delito o la inmoralidad.

–¡Siete años! –exclamó ella, y tuvo que agarrarse al borde de la mesa–. ¡Es... es mucho tiempo!

–Siete años, o el matrimonio.

–No. El matrimonio no es una opción. No voy a casarme con usted. Nunca lo haría. No podría.

–¿Es mejor estar encerrada durante siete años?

–¡Por supuesto que sí!

–No la creo –respondió Mikael, recostándose en los almohadones.

–Me da igual.

–Soy un rey. Puedo proporcionarle un lujoso estilo de vida.

–No me interesa –sus ojos ardían–. Siete años de arresto domiciliario es mejor que toda una vida con usted.

Debería haberse sentido ofendido por su respuesta, pero sonrió. Las mujeres solían competir entre ellas para llamar su atención, por ganarse su afecto, pero no estaba dispuesto a tomar esposa, a pesar de que era su obligación como rey casarse y tener un heredero. Algo que, por supuesto, el jeque Azizzi sabía perfectamente, y todos estaban deseando que el rey se casara lo antes posible. También sabía que nada le dolería más a la familia Copeland que la más pequeña de sus hijas se viera obligada a casarse en contra de su voluntad. Era un castigo adecuado para una familia que se creía por encima de la ley. Pero en realidad él no quería una esposa, ni tener hijos. No quería compromisos de ninguna clase. Precisamente por eso tenía amantes. Se ocupaba de sus necesidades materiales y ellas, a cambio, siempre estaban disponibles para él y nunca le pedían nada. Se veía atrapado entre su deber y su deseo.

Miró de nuevo a Jemma, intentando imaginársela como su esposa.

Sin maquillaje, se le veían más sombras púrpura bajo los ojos y unas espesas y largas pestañas negras. El óvalo de su cara tenía forma de corazón, sus ojos eran de un verde muy claro y sus labios de un rosa suave... el mismo rosa de sus pezones.

El cuerpo se le endureció al recordar la sesión de fotografía, su cuerpo desnudo bajo el abrigo de piel.Tenía un cuerpo increíble. Disfrutaría con él, pero nunca llegaría a gustarle, ni a admirarla. Era una mujer a la que no se acercaría de no ser en busca de sexo y placer.

Volvió a imaginársela desnuda. Sin duda encontraría placer en sus curvas, en sus pechos, en el secreto que se guardaba entre sus piernas.

—Arresto domiciliario —sentenció Jemma—. Siete años. ¿Empieza esta noche? ¿Mañana?

—Aún no me he decidido.

—No voy a casarme con usted —dijo ella al fin, con un estremecimiento que dejó bien claro sus sentimientos al respecto—. ¡Nunca!

—La decisión no es suya, sino mía.

—No puede obligarme.

—Sí que puedo.

Y así, sin más, la idea arraigó.

Podía casarse con ella. Podía obligarla a acatar su voluntad. Vengar la vergüenza de su madre.

Durante un momento quedaron en silencio, un silencio pesado, denso, un silencio que ella debía odiar porque la dejaba completamente indefensa. No podía decir ni hacer nada. No podía decidir su destino. Tendría que aceptar lo que él decidiera.

La idea le resultaba gratificante. Le gustaba saber que tendría que someterse a su decisión.

—Pero usted no quiere casarse conmigo —musitó ella—. Me odia. No podría mirarme, ni tocarme.

—Tocarla, sí. Y podría mirarla. Pero amarla, no.

—No me haga eso... no me utilice.

—¿Por qué no? Su padre utilizó a mi madre para traer la vergüenza sobre mi apellido.

—Yo no soy mi padre, usted no es su madre, y ambos nos merecemos algo mejor. Los dos nos merecemos tener un matrimonio como es debido, basado en el amor y en el respeto.

—Suena muy bien, pero en mi caso no se ajusta a la realidad. Yo no voy a tomar esposa por amor, sino por deber. Me casaré porque un rey ha de tener herederos.

—Pero yo quiero amar, y obligándome a casarme con usted, me está negando esa posibilidad.

—Su padre le negó la vida a mi madre. Soy árabe. Ojo por ojo. Mujer por mujer.

—No.

—Saidia necesita un príncipe, y usted me daría hijos hermosos.

—Jamás me acostaría con usted por voluntad propia, y antes ha dicho que aun en los matrimonios obligados, el sexo es consentido.

—Consentiría.

—No.

—Acabaría rogándome que la tomara.

—Jamás.

—Le demostraré que se equivoca —sonrió un poco—, y, cuando lo haga, ¿qué me dará a cambio?

Jemma se levantó y fue hasta la puerta.

—Quiero irme. Quiero marcharme ya.

—Esa opción no existe.

Jemma no sabía dónde mirar. El corazón le latía desbocado, los ojos le ardían y sentía el estómago revuelto. Jamás habría podido imaginarse en una situación así. La cárcel ya era bastante malo, y siete años de arresto domiciliario era algo que ni se atrevía a contemplar, pero ¿casarse en contra de su voluntad?

Estaba decidida a no llorar. ¿Llegaría muy lejos si salía corriendo de la casa en aquel momento?

Casarse con Mikael Karim acabaría de destrozarla.

Se había sentido tan sola últimamente, tan dolida por el abandono de Damien y el asedio constante de los medios, además del odio de la gente en general, que no podía enfrentarse a un matrimonio a sangre fría. Necesitaba vivir, moverse, respirar, sentir, amar...

Era una tragedia, pero necesitaba amar y ser amada. Sentir la conexión, el contacto, el calor.

—Por favor —rogó, y a pesar de todos sus esfuerzos, se le llenaron los ojos de lágrimas—, por favor, no me obligue a casarme. Déjeme aquí. No quiero estar siete años metida en una casa, pero al menos, cuando pase ese tiempo, podré volver a casa libre, casarme y tener hijos con alguien que me quiera, que me necesite...

Se interrumpió al ver que el jeque Azizzi entraba en la estancia, acompañado por otros dos hombres.

Jemma entrelazó las manos en actitud de súplica.

—Deje que me quede. Por favor. ¡Por favor!

—¿Y qué harías siete años encerrada aquí? —preguntó Mikael, ignorando a los demás.

—Aprendería el idioma, a cocinar... encontraría formas de entretenerme.

Mikael la miró durante un momento eterno y luego se volvió al jeque Azizzi para dirigirse a él. El anciano asintió y salieron.

—Ya está hecho —dijo Mikael.

—¿El qué?

—Te he reclamado. Eres mía.

Ella retrocedió tan rápidamente que chocó con la pared.

—¡No!

—Ya está hecho —repitió él—. Le he dicho que te voy a hacer mi esposa.

—¡Pero yo tengo que dar mi consentimiento, tengo que hablar, que decir que sí! —se le quebró la voz.

—No. No tienes nada que decir. Ya está todo decidido.

—¿Así, sin más?

—Así —respondió Mikael. En dos pasos se plantó delante de ella, la tomó en brazos y la sacó de la casa.

Afuera, en la noche, la caravana de coches había desaparecido, y los habitantes se arremolinaban en torno a un camello sentado.

—¿Para quién es eso? —preguntó ella casi sin voz, revolviéndose en brazos de Mikael.

—Siéntate en la silla, o te ato al camello.

—¡No lo harías!

—Claro que lo haría

La silla era ancha y dura, y Jemma intentó bajarse, pero Mikael había sacado una fina tira de cuero de una alforja del camello y le ató las manos por las muñecas antes de sujetarla al pomo.

La gente le vitoreó.

—¿Por qué gritan? —preguntó, rojas las mejillas y la rabia espesa.

—Saben que te he tomado por esposa, y que no estás contenta. Que te sientes avergonzada, y eso les complace.

—¿Mi vergüenza les complace?

—Tu vergüenza y tu resistencia forman parte de tu expiación, y eso les complace.

—No me gusta tu cultura.

—Ni a mí la tuya —tiró de ella hacia delante y se sentó detrás. Su corpachón llenó la silla—. Recuéstate un poco.

—No.

—Estarás más cómoda. Vamos a viajar durante varias horas.

—¡Te odio! —le gritó, intentando no llorar.

—De ti no querría otra cosa.

Tiró de las riendas y el camello se levantó. La gente volvió a jalearles, Mikael levantó una mano y se pusieron en marcha, hacia las puertas, hacia el desierto.

Capítulo 5

AVANZARON durante horas por un interminable desierto de dunas bajo una luna en cuarto menguante que pintaba las dunas con un resplandor fantasmal.

Jemma intentaba mantenerse erguida para evitar tocarse con el jeque, pero a medida que pasaban las horas, iba siendo cada vez más difícil.

–¿Adónde vamos? –preguntó cuando debían de llevar una media hora de camino.

–A mi casba. A mi casa. Bueno, a una de mis casas –se corrigió.

–¿Por qué a esa?

–Es el lugar donde todos los Karim han pasado su luna de miel.

No supo qué contestar, como tampoco sabía qué pensar o qué debía sentir. Habían pasado tantas cosas en aquellas pocas horas que se sentía desbordada y aturdida.

Aquel matrimonio forzado no tenía sentido. Seguía pensando que, en cualquier momento, se despertaría y se daría cuenta de que solo había sido un sueño.

Su captor era fuerte y grande, con el pecho bien musculado, los brazos fuertes y bien trabajados. Se mantenía erguido en la silla y su envergadura la protegía del frío. A pesar de todo, le dio la sensación de que era fuerte, pero no brutal. Fiero, pero no insensible. En otra situación, incluso podría haberle gustado.

Pero la situación era la que era, y no había posibilidad de encontrarlo atractivo en ningún sentido: ni por
la firmeza de su pecho; ni siquiera por el modo en que
sus muslos la acomodaban en la silla, entre sus caderas
y el pomo.

Cayeron en un silencio que ninguno de los dos quiso
romper. Pero una hora después, Mikael se inclinó hacia
delante y dijo:

–Mi casa.

–¿Dónde? –preguntó mirando sin poder ver nada.

–Frente a nosotros.

No había nada frente a ellos. Solo arena.

–No veo...

–Fíjate bien.

La luna brillaba sobre el desierto, bañándolo todo en
una palidez mortal. Y entonces, poco a poco, el desierto
reveló una pared larga, y poco después logró ver siluetas detrás del muro, unas siluetas que acabaron siendo
edificios de arcilla. Dos enormes linternas de gas colgaban a cada lado de una puerta de madera oscura, y
Mikael gritó en árabe cuando se acercaron. Las puertas
se abrieron sin más, revelando unas torretas cuadradas
y varias torres.

Gente vestida con túnicas fue llegando al patio mientras las puertas se cerraban y atrancaban, y se alinearon
delante del primer edificio con su entrada en forma de ojo
de cerradura. Se inclinaban hacia delante repetidamente.

–¿Qué pasa? –preguntó ella en voz baja.

–Nos están dando la bienvenida. Se han enterado de
que traigo a mi esposa a casa.

El camello se detuvo, y unos hombres se acercaron.
Mikael le lanzó las riendas a uno de ellos y el hombre
ordenó al camello que se arrodillara.

El jeque Karim saltó de su montura, se volvió y la
miró con intensidad.

—Lo que acabamos de hacer nos va a cambiar la vida, pero hemos adquirido un compromiso, y hay que honrarlo.

La tomó en brazos y atravesó con ella la puerta de su casba. Entraron a un vestíbulo de paredes muy altas y blancas, cuyo techo estaba adornado con azulejos en azul y dorado.

—Sé bienvenida, esposa mía, a tu nuevo hogar —dijo, dejándola en pie.

Una joven esbelta de la servidumbre condujo a Jemma a través de un laberinto de estancias vacías. No le dirigió la palabra, y ella agradeció el silencio, agotada como estaba tras un día tan largo y tantas horas de viaje.

La joven la condujo de un pasillo al otro hasta que llegaron a una estancia de techo alto con las paredes cubiertas de un delicado encaje de color marfil. La colcha de la cama también era blanca, con pequeñas puntadas en oro pálido y plata, y unas cortinas de seda blanca y plateada colgaban a cada lado de las puertas de cristal que daban a un patio con suelo de marfil y hermosos maceteros con palmeras, gardenias e hibiscos blancos.

—¿Desea Su Alteza un té o un refresco? —preguntó con acento educado.

«¿Su Alteza?». Jemma miró a su espalda, esperando que Mikael estuviera allí, pero no había nadie.

Entonces cayó en la cuenta de que la joven le hablaba a ella. Así que todos sabían que se habían casado. ¿Acudiría a su alcoba aquella noche? ¿Querría consumar el matrimonio?

Se sentó en uno de los sofás blancos que había en un rincón. No estaba segura de que las piernas la sostuvieran.

—No, gracias —contestó—. Estoy bien. Creo que solo necesito dormir.

—¿Desea que le deje preparado el baño antes de irme?

Jemma asintió, perpleja.

–Sí, por favor.

Unos minutos después, la doncella se había marchado y un vapor perfumado con aroma a lilas y verbena salía del baño. Jemma entró en aquel majestuoso cuarto de baño de mármol blanco, adornos dorados y una multitud de lámparas de cristal colgando del techo. Impresionada por tanta grandeza, se quitó la ropa polvorienta y se metió en el agua, tan caliente y perfumada, una verdadera maravilla después del viaje en camello. Cuando quitó el tapón, apenas podía mantener los ojos abiertos.

Envuelta en una enorme y esponjosa toalla blanca volvió al dormitorio sin saber qué iba a ponerse para dormir, pero allí, sobre la espaciosa cama, había un sencillo camisón de algodón blanco con adornos de encaje en los hombros y el bajo. Se lo puso, y se metió entre las suaves sábanas de algodón, desesperada por dormir. Ni siquiera recordó que le costase trabajo cerrar los ojos. Apagó la lámpara y cayó en un profundo sueño.

La despertó una llamada insistente a la puerta.

Abrió los ojos y miró a su alrededor, desubicada. Tardó un momento en recordar dónde estaba: en casa del jeque Karim. Y entonces recordó también que se había casado con él.

Se levantó de la cama y fue a ponerse la bata que había visto en el respaldo de la silla antes de salir a abrir la puerta.

Era Mikael.

–Buenas tardes –la saludó.

Ella se apartó un mechón de pelo de la cara.

–¿Tardes?

–Son más de las dos.

–¿Más de las dos? ¡No puede ser!

–He pedido que te traigan café, y luego tendrás que venir a comer conmigo al pabellón este. No llegues tarde.

–Eso ha sido un poco grosero, jeque Karim –le dijo, siguiéndolo–. ¿Es así como hablas a tus mujeres?

–Estoy acostumbrado a dar órdenes.

–Eso está bien, pero no hay por qué ser tan agresivo. Un poco de amabilidad y cortesía nunca está de más.

–Yo creía que estaba siendo amable y cortés enviándote café.

–Sí, pero lo has echado todo a perder ordenándome que vaya a comer contigo, y advirtiéndome además que no llegue tarde. Habría sido mucho más agradable que me hubieras pedido que me reuniera contigo en treinta minutos.

–Los reyes no piden nada, Jemma. Ordenan.

–Yo no me he casado con un rey, sino con un hombre, si es que estamos legalmente casados...

–Lo estamos. Tan casados como se puede estar en Saidia –respondió sin dejarla terminar y acercándose a ella–. Pero, si te hace falta que se consume el matrimonio para que te sientas casada, puedo complacerte. Esta noche te llevaré a mi cama y lo tendrás todo mucho más claro.

–¡No es eso lo que quiero!

–¿Cómo lo sabes, si nunca has estado en mi cama? Cuando lo pruebes, te gustará –sentenció.

La siguiente media hora fue eterna para Jemma. ¿Estaba pensando en consumar el matrimonio aquella misma noche?

¡Pero si ni siquiera lo conocía!

No podía imaginarse haciendo el amor con él. Y, sin embargo, allí estaba, en la casba, servida como una princesa. No podía dudar de él. No era un hombre dado a las bromas, así que...

Alguien se había ocupado de lavarle la ropa que había llevado puesta el día anterior y se la habían devuelto seca y planchada. Se vistió con ella y se puso las cuñas. Tenía el pelo desbocado de haberse acostado con él mojado aún, e hizo lo que pudo por recogérselo en una coleta. Se adornó con unas pulseras de plata y unos pendientes de aro. No mucho, pero era cuanto podía hacer. Entonces la doncella llamó a la puerta. Había vuelto para conducir a Jemma por aquel laberinto de pasillos hasta llegar a la puerta de un hermoso jardín al abrigo de muros altos, sombreado por palmeras y con una fuente de baldosas en el centro.

Mikael ya estaba allí, esperándola.

—Reconozco esa ropa —dijo.

—No tengo otra.

—He dispuesto que te dejen otras prendas en el armario.

—No las he visto —respondió, aunque en realidad, no había mirado.

Él guardó silencio un instante.

—Tenemos que hablar, pero también tienes que comer, así que nos sentaremos, comeremos, charlaremos y, con un poco de suerte, nos conoceremos un poco más para que la noche de bodas sea algo más... cómoda para ti.

—No creo que comer o hablar pueda conseguir que esta noche sea más cómoda para mí. No me puedo creer que esto sea real. Yo no he hecho promesa alguna, ni he accedido a nada.

—No tenías que hacerlo. Yo te he reclamado y con eso basta. Mi palabra es ley.

—Eso explica una ceremonia tan breve y expeditiva.

—La ceremonia ha sido rápida, pero la luna de miel no lo será. Estaremos juntos aquí durante dieciséis días antes de que podamos volver a mi palacio de la capital.

—Yo ni siquiera te gusto. ¿Cómo puedes pensar en acostarte conmigo?

Mikael hizo una mueca que resultó lo más parecido a una sonrisa que le había visto.

—No careces de atractivos, Jemma, y estoy seguro de que sabes que un hombre puede desear a una mujer sin que intervengan sus sentimientos.

—De modo que, cuando te acuestes conmigo esta noche, será sin ternura y sin pasión.

—Si lo que te preocupa es el acto en sí, ya puedes estar tranquila, porque soy un amante experto, y me tomaré el tiempo que sea necesario para satisfacer tus necesidades. No sería una luna de miel como es debido si no lo hiciera así.

Una luna de miel como era debido era el viaje a Bali con Damien. Ya habían reservado el vuelo y los hoteles cuando él la dejó. Había planeado una boda que nunca se celebraría, y ahora estaba casada sin haber tenido una boda y atrapada allí para una luna de miel que no deseaba.

Le ardieron los ojos. Y la garganta. Parpadeó varias veces mirando hacia otro lado, hacia el centro del jardín y su fuente. El agua bailaba y cantaba, y le sorprendió que pudiera hacerlo cuando su corazón se sentía tan angustiado y roto.

—No quiero que me complazcas —respondió en voz baja, y se secó una lágrima antes de que pudiera rodar mejilla abajo—. No quiero nada de todo esto.

—Te resultará más fácil hacerte a la idea a medida que pase el tiempo.

—¿Tú crees?

Mikael se encogió de hombros.

—Supongo que para ti, viniendo de una cultura occidental, es algo muy raro, pero para mí no lo es. Nunca he esperado llegar a casarme por amor. Desde siempre he sabido que mi esposa sería de otra tribu, aunque desde luego no me esperaba que acabaras siendo tú.

—De los despreciables Copeland.

–Afortunadamente, ya no eres una Copeland, sino una Karim. Has dejado a tu familia y ahora formas parte de la mía. Tienes un nuevo apellido. Un nuevo comienzo. Y nuevas responsabilidades. Creo que será bueno para ti –señaló la mesa dispuesta a la sombra–. Podemos seguir hablando mientras comemos. Siéntate.

Ella enarcó las cejas y él esbozó una sonrisa.

–Perdóname –dijo, obviamente sin sentir lo que decía, e hizo una leve reverencia–. Sentémonos. Mejor estar cómodos.

No le gustaba su tono, no le gustaba la situación. Nada de todo aquello le parecía bien.

–No puedo comer. Estoy demasiado disgustada.

–Entonces comeré yo y tú miras. Yo sí tengo hambre.

–Y todavía te preguntas por qué no me entusiasma esta luna de miel.

–Por supuesto que me lo pregunto. Habiéndote elegido como mi primera esposa, te he convertido en reina. Eres inmensamente rica. Eso debería complacerte enormemente.

–Yo ya tengo dinero, y me importa bien poco. Lo que me importa es el afecto y la decencia. La fuerza, la compasión y la integridad.

–Yo tengo todo eso, así que estás de suerte. Comamos.

–La compasión no la conoces.

–Sí que soy compasivo con aquellos que requieren compasión, pero tú, mi reina, no necesitas de ella. Ya estás haciendo un trabajo estupendo compadeciéndote de ti misma.

Jemma respiró hondo.

–No tienes sensibilidad alguna, jeque Karim.

–Es posible. Tampoco paciencia, en particular cuando tengo hambre –la miró a los ojos–. Te estás poniendo las cosas más difíciles aún, resistiéndote a mí, a aceptar que estamos casados y que nuestra unión es real. Yo me tomo nuestras promesas muy en serio.

–¿Qué promesas, si yo no he dicho ni mu?

–Yo te he reclamado y me he casado contigo, así que ya está todo hecho. Ahora siéntate, antes de que me vea obligado a llevarte yo a la mesa.

De mala gana, Jemma se sentó ante la mesa baja dispuesta bajo el cenador de cuyo techo colgaban unos ventiladores que mantenían fresco el ambiente.

No se creía capaz de comer, pero el primer plato era una sopa fría que le asentó el estómago y pudo tomar un poco de la carne asada y la guarnición que llegó después. La comida la ayudó a sentirse mejor, más tranquila y menos alterada, pero, aun así, seguía en estado de shock.

No hubo mucha conversación durante la comida, lo cual para ella fue perfecto, y el tiempo lo dedicó Mikael a estudiarla desde el otro lado de la mesa como si se tratara de un científico y ella, el animal al que estuviera observando.

Pero el animal era él. Quizás no un animal, pero sí salvaje e impredecible. Hasta el aire que le rodeaba parecía crepitar y cargarse de tensión.

–Saidia no se parece en nada a tu país –comentó él cuando retiraban ya los platos y mientras se lavaba las manos en un cuenco con agua perfumada–. Seguimos manteniendo una cultura tribal. Doy por sentado que te costará un tiempo adaptarte a ella, pero debes mantener la mente abierta. Nuestras costumbres serán extrañas para ti, pero hay una razón para cada una de ellas, y un valor en todo lo que hacemos.

–¿Incluido el secuestro de mujeres?

–Desde luego.

–No me imagino cómo puede justificarse el secuestro de una mujer. Las mujeres no somos objetos ni propiedades.

–Solo los príncipes, los reyes y los miembros de una familia real pueden raptar a una mujer para casarse con ella.

–Eso es aún peor.

–La costumbre de raptar a la novia tiene miles de años de antigüedad. Protege a la familia y a la sociedad reforzando las relaciones tribales, forjando lazos entre tribus rivales, y protege a las mujeres y los niños de otras tribus nómadas que podrían pretender atacar a las más vulnerables.

–Lo siento, pero sigo sin entenderlo.

–Muchos de los jóvenes de Saidia se ríen de las costumbres antiguas cuando van a la universidad, pero, si les preguntas si los matrimonios concertados o forzados deberían prohibirse, ninguno vota a favor de su erradicación. Forma parte de nuestra historia, de nuestra identidad cultural.

–Es decir, que no todos los ciudadanos de Saidia pasan por un matrimonio concertado.

–Aproximadamente la mitad de los jóvenes que viven en zonas urbanas prefieren la unión por amor, pero, si nos alejamos de los núcleos urbanos, casi todo el mundo prefiere los concertados.

–¿Por qué esa diferencia?

–En el desierto, le gente se identifica tremendamente con su tribu y sus costumbres. No se tiene la influencia de la tecnología. Las ciudades quedan muy lejos, los viajes son dificultosos y se desconfía de los cambios. Ir a Haslam o a las otras comunidades del desierto es como viajar en el tiempo. Haslam no es una capital propiamente dicha porque el desierto no es un lugar urbano, y yo, como rey, debo ser sensible al rostro nuevo y antiguo de mi país. No puedo alienar a los jóvenes urbanitas, pero también debo respetar a los del desierto.

–¿Es que no quieren lo mismo?

–No solo no quieren lo mismo, sino que no se entienden los unos a los otros.

–Entonces, ¿qué hacéis?

–Intentamos respetar ambos aspectos de la cultura de Saidia, y tenemos mucho cuidado para no marginar a ninguno de los dos.

–Es todo cuestión de equilibrio.

–Exacto –la miró un momento de arriba abajo–. No quiero volver a verte vestida así. Te he proporcionado un guardarropa más adecuado para el clima, la casba y nuestra luna de miel.

Jemma había empezado a relajarse, a olvidarse de su propia situación gracias a la conversación, pero la realidad volvió de golpe.

–¿Es una sugerencia o una orden, Alteza? –le espetó, enfadada y frustrada.

–Ambas cosas.

–No puede ser ambas. Es lo uno o lo otro.

–Ya vuelves a ponerte difícil. No tienes por qué resistirte de esa manera.

–¡Por supuesto que sí! No soy una muñeca, ni una marioneta, sino una mujer adulta y muy independiente. Llevo viviendo por mi cuenta y pagándome mis facturas desde que tenía dieciocho años, y valoro mi independencia.

–Yo valoro tu espíritu, pero hay una diferencia entre inteligencia, terquedad y simple estupidez –levantó una mano para pedirle silencio antes de que volviese a hablar–. Y no, no estoy diciendo que seas estúpida, pero terca, sí. Y, si la terquedad se alarga en el tiempo, pasa a ser estupidez.

–Yo podría decir lo mismo de ti. Eres igual de terco al negarte a verme como soy.

–Te veo exactamente como eres.

–¡Una Copeland! ¡Una delincuente!

—No —respondió él inclinándose hacia delante—. Mi esposa.

Algo en su tono y en su mirada intensa y fiera la dejó sin palabras, robándole la capacidad de pensar, y simplemente se quedó sentada donde estaba, aturdida, sin aliento.

—Vas a experimentar el choque con nuestra cultura —continuó él—, pero espero que te hagas a ello, y para eso estaremos aquí el tiempo que sea preciso, así que en lugar de discutir conmigo por todo, creo que ya es hora de que intentes mantener la mente más abierta sobre esto, sobre tu matrimonio con un rey de Saidia.

—Lo intento.

—Yo creo que no. Todavía no. Pero tengo todo el día. O mejor, tenemos todo el día y toda la noche. En realidad, tenemos semanas.

Jemma apretó los dientes y desvió la mirada hacia el exótico mosaico en rosa y azul que decoraba el cenador. La remota casba entera resultaría romántica a más no poder si estuviera allí con otro hombre. Alguien como Damien, al que aún seguía queriendo. O quizás al que ella creía que era: un hombre fuerte, protector y que la quería. Pero al final no había resultado ser ni protector, ni fuerte... su cuerpo no había sido más que un cascarón hermoso de músculos, pero vacío. Sin espina dorsal. Sin huesos.

—No irás a llorar, ¿verdad? —preguntó Mikael, y su voz profunda sonó áspera.

—No.

—Es que parecías muy triste. Casi hundida. Y no me digas que doce horas de matrimonio te han dejado así ya.

—No estoy hundida, ni lo voy a estar. No voy a darle a ningún hombre ese poder sobre mí.

—¿Ni siquiera al guaperas de tu novio de antes?

Jemma contuvo una exclamación. Si Mikael había investigado sobre ella, sabría lo de la humillación que había sufrido a manos de Damien.

–A él menos que a nadie –le espetó, desafiante.

–Ya.

–Damien me ha hecho daño, pero no me ha roto. Mi padre me hizo daño, pero no me quebró. Y tú, jeque Karim, puedes intimidarme, puedes avasallarme, pero tampoco me quebrarás.

–Yo no te he avasallado.

–Sí que lo has hecho, o lo has intentado.

Mikael se recostó un poco más en los almohadones que rodeaban la mesa y sonrió un poco.

–¿En serio no me tienes miedo?

–¿Por qué iba a tenértelo? Eres amigo de Drakon. Fuiste a su boda. Y me has salvado de pasar siete años en la cárcel.

Debió de percibir la nota irónica de su voz porque su sonrisa se hizo más honda, y aquel gesto le provocó a ella una extraña sensación en el corazón.

Aquel hombre la intimidaba en extremo, pero cuando sonreía, incluso solo con aquella sonrisa de medio lado, se tornaba peligrosamente atractivo.

–Ah, sí. Te he salvado de la cárcel. Y tú, mi reina, te has mostrado muy agradecida.

–Me mostraría más agradecida si me sacaras un billete para Londres. Sería un detalle.

–Sin duda. Pero una muestra de gran debilidad por mi parte. Un hombre debe tener moral y principios, y un rey todavía más.

Jemma se levantó y caminó por el cenador, sabiendo que él la observaba.

–Estás de buen humor –le dijo al ver que seguía sonriendo.

–¿Preferirías que lo estuviera de malo?

–No, pero sé que en ningún momento te habrías imaginado casado con una Copeland.

–Exacto. Pero eres una visión agradable y estoy seguro de que también una compañera placentera en la cama.

—Ese comentario me parece tremendamente frívolo.

Él se encogió de hombros.

—El nuestro no es un matrimonio por amor. No tienes por qué gustarme, ni tengo por qué quererte. Solo necesito que, como mi primera esposa, seas buena, obediente y fértil.

Ella lo miró boquiabierta. «¿Primera esposa?». ¿Acaso iba a haber otras?

—¿Poligamia, Alteza?

—La ley islámica me permite tener cuatro esposas, pero el marido ha de poder tratarlas a todas por igual, y no todos deciden tenerlas. Es una decisión personal.

No pudo evitar echarse a reír. Aquella no podía ser su vida. No podía estarle pasando algo así.

—¿Y tú? ¿Qué piensas hacer?

—Aún no lo he pensado, pero mi padre tenía cuatro. Mi abuelo y mi bisabuelo, solo dos.

—¿Eran felices las mujeres de tu padre?

Tomó un trozo de mango de la bandeja.

—La mayoría. Mi padre se ocupaba magníficamente de todas ellas, y era un hombre respetuoso, que intentaba complacerlas. Que nunca les pegaba.

—¿Y eso es ser un buen marido? —exclamó Jemma.

—¿No lo crees tú así? —preguntó él, alzando las cejas.

—No.

—El matrimonio en Saidia es un deber. Es nuestro deber tener hijos. A través del matrimonio construimos nuestra familia, y la familia es nuestra institución más preciada. La familia lo es todo aquí. Se la protege a toda costa —hizo una pausa—. Así es como te falló tu padre: negándose a protegerte.

Capítulo 6

MIKAEL estudió a Jemma tal como estaba, apoyada contra la columna, de perfil.

El sol del atardecer la envolvía en luces y sombras. Viéndola así recordó cómo había posado para el fotógrafo australiano. Parecía tan fiera y decidida, con el sol asándola dentro de aquel abrigo de piel y con las botas de tacón, pero no se había quejado, como tampoco lo había hecho durante el viaje en camello hasta la casba, y la respetaba por ello.

Siguió el camino de luces y sombras que el sol dibujaba en su cuerpo. Estaba preciosa con aquella ropa, y no veía llegar el momento de quitársela. ¿Cómo sería en la cama?

—¿De verdad le odias? —preguntó, tomando un dátil.

—¿A mi padre?

—Sí.

—Ha hecho cosas horribles, pero no, no le odio. Odio lo que nos ha hecho a nosotros y a los que confiaban en él. Pero es mi padre, y, cuando era pequeña, para mí era el rey. Guapo, encantador, poderoso, pero divertido también —suspiró—. Mis padres se divorciaron cuando estaba a punto de cumplir los seis años. Después empecé a verlo solo de tarde en tarde.

—¿Sabes por qué se divorciaron?

—Creo que mi padre no era fiel.

—¿Fue un divorcio de mutuo acuerdo?

–Dividieron niños y propiedades, y cada uno siguió adelante con su vida.

–Pero ninguno volvió a casarse.

–No. Mi madre estaba demasiado dolida, porque en realidad quería mucho a mi padre.

–Por eso son peligrosos los matrimonios por amor. Es mucho mejor firmar un contrato y no hacerse ilusiones románticas.

–Pero en un matrimonio concertado no hay amor.

–El amor no es necesario para que el matrimonio sea bueno. De hecho, puede incluso complicarlo todo.

–¿Cómo esperas que cumpla con mis... obligaciones sin amor?

Primero se quedó desconcertado y luego se sonrió para sí. Su punto de vista era tan característico de los occidentales...

–El amor no es necesario para disfrutar del placer físico.

Jemma lo vio levantarse y acercarse a ella. No sabía dónde mirar ni qué hacer, el corazón le latía desenfrenado y no conseguía centrarse.

–El matrimonio no está tan mal –dijo, pasándole un brazo por la cintura–. Nuestro matrimonio te honrará. Eres mi reina, la primera dama en mi tierra. No habrá más escarnio público, ni pasarás más vergüenza. Estarás protegida.

Su voz parecía un rumor hondo, extrañamente seductor, y Jemma se volvió a mirar su boca.

–Hasta que vuelvas a casarte –contestó, casi sin aliento.

–¿Cambiarían tus sentimientos si fueras mi única esposa? –preguntó él, apartándole un mechón de cabello oscuro de la cara y colocándolo detrás de una oreja.

De pronto tuvo la certeza de que no sobreviviría si no se separaba de él, y se marchó al otro extremo del cenador, donde la luz y las sombras se alternaban aún con más intensidad.

—¿Me estás diciendo que no vas a tener más mujeres?

—Nunca había pensado en tomar más de una esposa.

—Si pretendes tranquilizarme, no lo estás consiguiendo.

—¿Es que lo necesitas? ¿De eso se trata todo esto? —se acercaba hacia ella de nuevo, caminando despacio y confiado, con ademán regio. El corazón volvió a desbocársele cuando lo sintió cerca.

—En la luna de miel siempre hay ansiedad —dijo él con suavidad, deteniéndose—. Es natural sentir temor... incluso rechazo. Pero no tardarás en darte cuenta de que no hay de qué tener miedo. Descubrirás que puedes confiar en mí. Que no corres peligro explorando tus fantasías.

—¡No! —exclamó Jemma sin poder evitarlo, poniendo una mano en su pecho—. Esto es demasiado. ¡Vas muy deprisa! —salió del cenador al sol—. Tienes que darme tiempo. Necesito asimilar todo esto.

—Has tenido un día para asimilarlo.

—¡Ni siquiera han pasado veinticuatro horas! Hasta hace un momento, he estado durmiendo. ¡No estás siendo justo! Necesito tiempo. Tengo que aceptar los cambios y el futuro que me espera.

—Tendrás ese tiempo, pero no tienes por qué pasarlo sola. Yo creo que es muy importante que pasemos ese tiempo juntos, formando un lazo, creando las bases para nuestro futuro.

—¿Cómo esperas que construyamos una relación cuando nada es equitativo entre nosotros? Tú exiges obediencia. ¿Cómo vamos a lograrlo si tú tienes todo el control?

—Jamás utilizaré mi poder para hacerte daño. Mi poder te protege, como pasó en la sesión fotográfica y en Haslam.

—Dices que me vas a proteger, pero olvidas que estoy sacrificando mi independencia, mi carrera, mis amigos, mis esperanzas y mis sueños. ¿Cómo puedo saber que de verdad vas a protegerme? ¿Cómo sé si puedo confiar en ti cuando estás utilizando ese poder para someter mi voluntad?

—Porque te he dado mi palabra —contestó él como si fuera evidente—. Mi palabra es ley.

—Puede que sí, en Saidia. Pero yo no soy árabe, ni beduina, sino estadounidense. Y mi padre dijo muchas cosas, como los dos sabemos, cuando ninguna de ellas era cierta. Damien me dijo también otro montón de cosas, me prometió amor y seguridad, y tampoco había ni un ápice de verdad en ellas. No puedo confiar en ti porque no confío en los hombres. ¿Cómo iba a hacerlo? ¿Por qué ibas a ser tú distinto de los demás? Tú quieres una buena esposa —continuó Jemma—. Pues yo quiero un buen marido. Un marido bondadoso. Dices tener integridad y fuerza. ¿Cómo sé yo eso? Debes dejar que descubra la verdad por mí misma, que desarrolle confianza en ti. Y para eso hace falta tiempo. Debes darme tiempo para que yo entienda que eres un buen hombre, un hombre fuerte, y no un mentiroso o un estafador —apretó los dientes para que no le temblasen los labios—. Sé que mi familia le debe algo a la tuya, pero tú me debes algo a mí.

—Vas a compartir mi riqueza. Una riqueza que va más allá de lo que puedes imaginar.

—¡Yo no quiero riquezas! El dinero no puede comprar la felicidad. Lo que yo quiero es ser feliz. Este año ha sido horroroso. Damien no me ha hundido, pero me destrozó el corazón. Me hizo tanto daño que aún no estoy preparada para volver a sufrir.

—Entonces, ¿qué es lo que quieres?

–Esperanza –susurró ella–. Quiero esperanza. Quiero tener la certeza de que, si este... matrimonio no es bueno para mí, si tú no eres bueno para mí, me dejarás libre.

Mikael no dijo nada. Le había sorprendido. Le había pillado desprevenido.

–No me puedo pasar la vida en Saidia sintiéndome una rehén. Y no creo que tú puedas querer una mujer así en tu vida. Tu madre no querría que hicieses tan infeliz a tu mujer.

–¿Sabes acaso algo de mi madre? –preguntó él con aspereza.

–No.

–Entonces, a lo mejor ha llegado el momento de que sepas quién soy y de dónde vengo. Sígueme.

Jemma salió tras él y abandonaron el jardín para recorrer un laberinto de corredores. Cada vez que pensaba que iban a girar a la derecha, lo hacían a la izquierda. Parecía un edificio circular. No tenía sentido. Por fin se detuvo en una amplia estancia con una hermosa claraboya en el techo y abrió una puerta alta.

–Esta es mi ala privada –dijo Mikael–. Tiene un dormitorio, despacho y salón, de modo que puedo trabajar aquí si lo necesito.

Entraron primero en un precioso salón inundado de luz, y luego en otra habitación, también inundada de luz gracias a toda una pared de puertas de cristal. Tenía pocos muebles, las paredes eran de piedra pulida y bajo sus pies había una mullida alfombra con un intrincado diseño en un suave dorado, azul y rosa fuerte. En un lado había una enorme mesa de madera oscura con incrustaciones de perla que miraba a un jardín amplio pero espartano. Se acercó a la mesa, abrió un cajón y sacó una pequeña fotografía enmarcada.

–Esta es mi madre a los veintitrés años, solo dos años menor que tú.

Era una mujer joven, rubia y muy hermosa, y sus ojos azules sonreían a la cámara.

—Es muy guapa. Tan... rubia.

—Era estadounidense. Tu madre provenía de la familia del *Mayflower*, lo mismo que la mía —aclaró él al ver su mirada sorprendida—. Era más estadounidense que la tarta de manzana.

Jemma sintió que se le hacía un nudo en la garganta. Volvió a mirar la foto y vio que llevaba un bañador azul.

—¿Dónde se hizo esta foto?

—En la Costa Azul. Mi padre la conoció estando de vacaciones con unos amigos en Niza, y la conquistó de inmediato. Se casaron meses después de haberse conocido. Era joven, romántica, enamorada de mi padre y con la idea de convertirse en reina de Saidia.

Jemma le devolvió la foto y él la guardó de nuevo en el cajón.

—Mi padre traicionó su confianza —confesó—, y luego tu padre le hizo lo mismo. Precisamente por eso te prometo que yo no te traicionaré, y soy un hombre de palabra. Con el tiempo nuestro matrimonio ayudará a salvar el abismo que hay entre nuestras familias y nuestros países, pero será inmediato. Puede que ni siquiera se obre el milagro en nuestra generación, pero espero que les vaya mejor a nuestros hijos. Empezaremos nuestro viaje como marido y mujer esta noche, compartiendo nuestra primera cena en el Palacio Nupcial.

Jemma sintió que se le cerraba la garganta. Tenía ganas de llorar.

—¿Aprobaría tu madre lo que estás haciendo?

—A ella no la metas en esto.

—¿Cómo quieres que no la meta, si eres tú quien habla de ella?

—Un día comprenderás la importancia del honor. Un día, cuando nazcan nuestros hijos...

–¡No!

–Está bien: tienes razón. Ya hablaremos más adelante de los niños. Concentrémonos en esta noche, en cómo vamos a pasar en el Palacio Nupcial la primera de nuestras ocho noches. Durante esas ocho noches, te complaceré.

–¿Y qué pasará después? ¿Desaparecerás en tu alcoba? ¿Volverás a Buenos Aires? ¿Qué pasará?

–Durante las próximas ocho noches, tú tendrás el control. Podrás elegir un placer distinto cada una, o el mismo, o... ninguno.

Ella frunció el ceño. No entendía nada.

–De acuerdo con la ley de Saidia –le explicó–, las primeras ocho noches son del novio. Las siguientes ocho, de la novia. La novia no tiene por qué llevarse a su marido a su alcoba, o a su cama, en sus ocho noches, a menos que quiera hacerlo. Lo que ocurra es solo decisión suya.

–¿Por qué se hace todo eso?

–Para enseñarle al novio a no ser egoísta en el lecho, y empujarle a ser paciente y delicado con su novia, complaciéndola tanto que ella desee su contacto. Y te aseguro que pretendo complacerte de tal modo que me rogarás que vuelva a tu cama cada noche.

Jemma respiró hondo. Todo en su interior estaba tenso, y le daba vueltas la cabeza.

–Nunca había oído hablar de una luna de miel tan puramente carnal y erótica.

–Es cierto que es lo que parece, pero has de recordar que la mayoría de las mujeres que contraen matrimonio con un miembro de la realeza llegan aquí en contra de su voluntad y siendo vírgenes inocentes. Como te he dicho, es costumbre que el novio rapte a la novia de una de las tribus rivales y la luna de miel es su oportunidad para ganarse el afecto de la novia y su lealtad, pero, si no lo logra en esos dieciséis días, ella puede dejarlo sin repercusión alguna o vergüenza.

Aquella última frase llamó su atención.

—¿Puede optar por volverse a casa?

—Si él no logra hacerla feliz en los dieciséis días que pasan juntos —Mikael le rozó la mejilla—. Yo te voy a dar placer —dijo—. Prometo satisfacerte por completo.

Ella lo miró con los ojos muy abiertos y el corazón desbocado. Había querido a Damien, pero a él nunca le había preocupado demasiado complacerla, y le costaba trabajo asumir que Mikael estaba prometiendo precisamente eso: una completa satisfacción sexual.

—Estás haciendo muchas promesas —le advirtió ella, con la boca seca.

—Son promesas que pretendo mantener.

—Me preocupa que estés siendo un poco... ingenuo.

Mikael pareció encontrar divertida su respuesta.

—A mí lo que me preocupa es que tus expectativas sean un poco bajas. ¿Te parece bien que te enseñe la casba? Este lugar es poco común. Sus muros esconden un palacio secreto.

—¿Un palacio secreto? ¿Otro palacio dentro del palacio?

—Exactamente eso. ¿Quieres verlo?

—Encantada. Me interesa mucho.

—Bien —Mikael sonrió—. Empezaremos por las habitaciones más cercanas a las tuyas.

Capítulo 7

SEGÚN iban avanzando hacia las habitaciones de Jemma, Mikael le iba narrando la historia del palacio.

—Durante cuatrocientos años, el rey de Saidia ha traído aquí a su esposa tras la ceremonia de la boda. Aquí la pareja pasaba su luna de miel, y aquí es donde el rey o el príncipe iniciaba a su esposa en los placeres del lecho conyugal. La novia entraba por la misma puerta que entraste tú anoche, y sus nuevas doncellas la acompañaban hasta sus habitaciones. Allí se la bañaba, se la vestía y era conducida a la primera cámara, la cámara blanca conocida como la Cámara de la Inocencia. Allí se consumaba el matrimonio. Por la mañana, llevaban a la novia a otra estancia.

Hizo una pausa para observar a Jemma.

—Aquí —continuó un momento después, tras haber tomado otro corredor y otro más que salía a la derecha—. Esta es la Cámara Esmeralda —abrió una puerta—. Aquí pasaban su segundo día.

Jemma se adelantó para verla. Las paredes eran de un verde velado, el suelo de baldosas blancas y verdes. La cama, oro con cobertor verde y lámparas doradas colgando del techo.

—Hay un jardín adyacente a esta cámara. Es un lugar maravilloso, con una gruta secreta.

Salieron de nuevo al pasillo, y describiendo una curva de corredores, llegaron a otra puerta.

—La Cámara Amatista —le mostró una estancia púrpura y dorada, aún más lujosa y exótica que la Cámara Esmeralda—. Hay ocho habitaciones más como estas. En esta parte de la casba, se construyeron formando un gran octógono, con un jardín central compartido por todas. Hay algunas que lo tienen privado, y cada una de las habitaciones significa un placer sexual distinto.

Acababa de abrir la puerta de la Cámara Rubí, pero Jemma ni siquiera miró dentro. La fascinación no le dejaba apartar los ojos de él.

—¿En serio?

—Cada alcoba tiene un placer específico asignado, que puede variar desde una forma de sexo hasta una posición en particular.

—Te lo estás inventando —protestó, sonrojada.

—En absoluto. Cada noche, durante ocho consecutivas, el novio lleva a la novia a una habitación donde la inicia en un placer carnal, complaciéndola y asegurándose de que también aprende cómo complacerle a él.

A Jemma le ardían las mejillas. Era como si le hubieran encendido una hoguera dentro, pero no podría decir si era por las cosas que le estaba diciendo o por el tono en que las decía, ya que sus palabras estaban creando imágenes eróticas tan íntimas y reales que casi no la dejaban respirar.

Fue mostrándole las ocho alcobas, a cual más increíble. El Palacio Nupcial era algo mágico, casi de otro mundo. Un mundo que no habría creído posible en ninguna parte. Las cámaras estaban conectadas por altos corredores sostenidos por esbeltas columnas, con un suelo de baldosas doradas y blancas que brillaba a cualquier hora del día, dispuestas en torno a un jardín central limitado por muros que contenía hermosas fuentes, estanques y pabellones.

No hubiera podido decir por qué semejante contemplación de belleza le provocaba dolor, ya que sin duda había sido creado para deleitar.

—Estás muy callada –dijo el jeque, mirándola.

—Estoy extasiada –declaró, pensando que aquel era el lugar que cualquiera escogería para pasar su luna de miel. Las camas bajas cubiertas con colchas del algodón más suave y flanqueadas de cojines de seda. Un fragante jardín que escondía y mostraba distintos estanques y charcas.

Aquel lugar había sido creado para la pasión. Para el placer. Allí todo parecía posible.

—Nunca había visto nada parecido –musitó–. Te deja sin aliento. Estas habitaciones, los jardines... son pura fantasía. Es como estar en un sueño.

—Yo creo que ese es el objetivo –contestó él mientras abandonaban el patio central–. La fantasía pretende ayudar a los novios a olvidarse de sus inhibiciones. Aquí, todo es posible.

Cerró las puertas y volvieron a estar de golpe en una estancia corriente, en un mundo corriente.

Jemma no podía creerse lo que habían dejado atrás.

—Esas habitaciones... tu historia... es un cuento para adultos.

—No es un cuento, ni una historia. Es real. Forma parte de la cultura de Saidia. Aquí es donde, durante cuatrocientos años, todos los reyes de Saidia han traído a sus esposas recién casados.

—¿Tus padres vinieron aquí?

—Mi padre trajo a mi madre aquí, y ahora yo te he traído a ti.

Jemma fue a contestar, pero no encontró qué decir. Aquella belleza exótica, la propia naturaleza seductora de la casba... todo en aquel lugar era hedonista, indulgente, y él estaba utilizando la promesa del placer para hechizarla.

–Esta noche será la primera de las dieciséis que pasaremos aquí. En las ocho primeras, yo decidiré el placer, y a partir de la novena, serás tú quien decida.

Avanzaban hacia sus habitaciones y Jemma se alegró de que él caminase delante. Estaba aturdida. Perdida. Atrapada en el sueño más imposible.

–Esta noche, no. No estoy preparada.

–Una novia a la que se ha raptado nunca está preparada –contestó él, pero su sonrisa suavizó el mensaje de sus palabras–. No te creas que soy insensible a la extrañeza de la situación. Entiendo que debes de tener miedos, dudas, pero creo que es mejor empezar pronto que tarde. La ansiedad irá desapareciendo a medida que nos vayamos conociendo.

–Pero ¿no debería ser eso antes que la intimidad física?

–La intimidad física servirá para unirnos. Es el acto del amor físico lo que distingue la relación, separándonos del resto.

–¡Un día más, por favor! –le suplicó ella.

–Pero si ya lo has tenido.

–¡Si me he pasado la mayor parte durmiendo!

–Razón de más. Así esta noche estarás descansada y fresca –llegaron a la entrada de las habitaciones de ella–. Dentro encontrarás varios regalos. Recibirás otros más tarde. Durante los próximos ocho días te colmaré de regalos, joyas y mi absoluta atención. Creo que no tardarás en descubrir que esos ocho días y sus ocho noches serán todo lo que has soñado y más aún.

Había hablado mirándola a los ojos. «Todo lo que has soñado y más aún».

El aire de la noche crepitó, caliente y espeso, voluptuoso en aquel exótico pabellón.

–Confías mucho en ti, Alteza.

–Estamos casados. ¿No crees que ya es hora de que me llames por mi nombre?

—No me siento casada.

—Eso no va a tardar en cambiar.

Jemma se metió a toda prisa en su alcoba, cerró la puerta y a punto estuvo de tropezarse con la montaña de baúles apilados junto a la entrada de su salón.

La joven doncella aguardaba junto a ellos, sonriendo.

—Para usted. De Su Alteza.

Jemma dio un paso atrás. No quería regalos. Lo que quería era volver a su vida de Londres, con sus amigos, su trabajo, su propia identidad, su libertad.

La doncella observó a Jemma con expresión alegre y excitada.

—¿Le preparo el baño, Alteza? Tenemos mucho que hacer.

Jemma negó con la cabeza. No iba a poder hacerlo. No podía seguir adelante, ella no era de esas mujeres que se rendían, que renunciaban. No estaba destinada a ser la reina de Mikael.

—Es un día muy importante –añadió la doncella, mostrando a su pesar una expresión preocupada–. Hay mucho que hacer. Mucha tradición.

Jemma se sentó en el borde de uno de aquellos sofás blancos, y cruzó las manos en el regazo.

—Estas tradiciones no son las mías.

La doncella se arrodilló junto a ella.

—Alteza, no debe tener miedo. Su Excelencia el jeque Karim es un hombre muy bueno y poderoso. Es justo. Un hombre que hace honor a su palabra. Si dice algo, lo cumple.

—Seguro que diría lo mismo de cualquier otro rey de Saidia.

—No. Nunca diría lo mismo de su padre. No era un buen hombre, y su primera esposa sufrió mucho. Creo que Su Alteza el jeque Karim vio demasiadas cosas siendo niño, cosas que un niño nunca debería haber visto. Por eso es distinto de su padre. Ha trabajado muy duro para ser un buen rey, y la gente lo adora. Respeta y honra al pueblo de Saidia y sus tradiciones —sonrió—. El rey será bueno con usted. Será feliz, ya lo verá. Yo ya lo soy por usted. Ya ha intentado demostrar que está complacido con usted. Que ha hecho honor a su familia.

Jemma negó con la cabeza.

—Lo que quiere es comprarme.

—¿Comprarla como a un camello? —preguntó la doncella, frunciendo el ceño.

—Sí, pero yo no soy un objeto que se pueda comprar.

—Alteza, él no quiere comprarla. Su Alteza la está honrando. Los regalos son una muestra de respeto. En Saidia, los regalos son algo bueno —volvió a sonreír—. A lo mejor ahora debería ver sus regalos y empezar a prepararse para esta noche.

Jemma intentó sonreír también.

—Abre tú los baúles y enséñame qué hay dentro.

El más grande de los baúles, de oscuro y brillante cuero, estaba lleno de ropas: kaftanes, faldas, sarongs, túnicas, elegantes vestidos de noche. El baúl de tamaño medio contenía zapatos planos, de tacón y sandalias adornadas con pedrería. En el pequeño había joyas y accesorios.

Había un último baúl que no estaba hecho de cuero, sino de plata, con un elegante dibujo labrado, y lo abrió con cuidado. Dentro había una funda blanca que contenía una prenda, zapatos blancos y una pequeña y delicada bolsa de seda.

—Es para esta noche —dijo la doncella. Quitó la funda protectora y apareció un vestido blanco de satén que parecía sacado de una película de Hollywood—. Su vestido de novia.

—¿Un vestido de novia para casarse?

—No. Para la luna de miel. Para el placer —la doncella

se sonrojó–. Esta noche será la primera, y ha de acudir a él de blanco. Se encontrarán en la Cámara de la Inocencia.

–¿Cómo sabes todo esto?

–Vengo de la misma tribu que Su Alteza. Mi madre y mi abuela sirvieron a las esposas de la familia, y ahora yo la sirvo. Es mi trabajo prepararla para el placer del rey.

Jemma no era virgen, pero se sonrojó violentamente.

–No estoy segura de esto.

–No tiene que preocuparse. Su Alteza sabrá qué hacer. Él la enseñará. ¿Quiere probárselo?

–No –dijo, y se volvió para ver los demás regalos. Zapatos blancos, una delicada ropa interior de satén, y aquella pequeña bolsa de seda. Tiró suavemente de la cinta plateada que la cerraba y unos pendientes de perlas y brillantes cayeron en su palma, acompañados por una pequeña tarjeta:

Mi primer regalo. Por favor, póntelos esta noche. Lucirán maravillosamente en ti.

Jemma la leyó dos veces y respiró hondo. ¿De verdad le estaba pasando aquello? ¿Acudiría a él aquella noche, vestida como una virgen destinada al sacrificio, deslumbrante de blanco y con brillantes?

Guardó los pendientes en el saquito y junto con los zapatos, lo metió todo en el baúl y cerró la tapa. Apenas veinticuatro horas antes estaba en plena sesión fotográfica cuando Mikael apareció. No sabía nada de él y muy poco de Saidia, y en ese momento era su mujer y se estaba preparando para acudir a su cama.

Aquello era imposible de digerir.

–¿Alguna vez ha ocurrido que un joven rey no haya sabido complacer a su esposa? ¿Tu madre o tu abuela te han contado alguna vez si alguna novia real ha conseguido volver con su familia?

La doncella asintió.

—¿Hace mucho, o era una historia reciente?

—Creo que fue durante la época de mi tatarabuela. Y también... —se mordió un labio—. Puede que también en la época de mi madre.

—Tu madre sirvió a la madre de mi marido, ¿no?

—Sí.

—¿La madre de Mikael era infeliz aquí?

—Al principio, no. Durante su luna de miel, no. Más tarde, sí.

—¿Por qué?

—No lo sé. Mi madre no me lo contó —dijo, y se escabulló con el pretexto de prepararle el baño.

Jemma no quería seguir dándole vueltas a lo mismo, así que se desnudó y se metió en la bañera.

Media hora después, la doncella extendía aceites de fragancias exóticas sobre su piel mientras ella la dejaba hacer, perdida en sus pensamientos.

Mikael le había dicho que descendía de una línea de hombres de la realeza a los que se les había enseñado que debían saber complacer a una mujer en la cama. Pero no solo eso: tenían que lograr que su mujer se enamorara de él. Era necesario que la novia deseara quedarse, que fuera feliz. Si durante la luna de miel no era capaz de conseguirlo, ella podría abandonarlo transcurridos los dieciséis días.

A lo mejor podía obligarlo a dejarla en libertad. Mientras el aceite se secaba, Jemma se paseó por su jardín vestida con el kimono de algodón, dejando que el calor del sol ayudase a su piel a absorberlo. Se agachó junto al estanque y miró sus aguas claras, el suelo embaldosado de azul en el fondo. Su reflejo la miraba. Llevaba su melena oscura recogida, y la serenidad de su expresión le sorprendió. Aquella tranquilidad reafirmó su decisión.

No iba a quedarse allí.

No se enamoraría de él.

No sería la madre de sus hijos.

Lo único que iba a darle eran ocho días con sus ocho noches, permitiéndole durante ese tiempo que accediera a su cuerpo, pero no a su corazón.

La doncella salió para que la acompañara a peinarse.

Se sentó ante la mesa de plata y dejó que la peinara trenzando hilos de perlas y pequeños nidos de brillantes hasta que su melena quedó convertida en una enjoyada obra de arte.

¿Sería consciente Mikael de que le había ofrecido un modo de salir de allí? ¿Sabría que podía ganarse la libertad? Pero antes tendría que entregarse a él durante ocho días con sus ocho noches.

¿Sería capaz de hacerlo?

—¿La ayudo a vestirse? –preguntó la joven.

—No.

No podía terminar de vestirse, ni ponerse aquel vestido blanco hasta que hubiera hablado con él. Tenía que contar con su promesa de que honraría la tradición de Saidia.

—Tengo que ir a ver a Su Alteza. ¿Puedes llevarme hasta él?

Parecía que la doncella iba a protestar, pero se limitó a asentir.

—Sí, Alteza. Sígame, por favor.

La doncella conocía perfectamente el palacio y llegaron enseguida a sus habitaciones. Llamó a la puerta exterior y dio un paso atrás, desapareciendo discretamente entre las sombras.

Jemma respiró hondo mientras esperaba a que abriese. Lo hizo el mayordomo, que le indicó que pasara a la habitación principal del rey.

—¿Me buscabas?

La voz de Mikael sonó justo a su espalda y Jemma se volvió. Llevaba una toalla blanca alrededor de las caderas y las mejillas de ella enrojecieron.

—Sí —respondió, obligándose a apartar la mirada de su impresionante físico. Tenía el pelo mojado, y parecía recién afeitado. La miró fijamente a los ojos.

«Qué guapo es», pensó, embobada ante las luces doradas que se prendían de su torso tras entrar por la alta claraboya del techo. Era incluso demasiado guapo. No era de extrañar su arrogancia.

—¿Qué puedo hacer por ti?

—Tenemos que hablar.

—Y yo que creía que venías a darme las gracias por los regalos... —respondió él, sonriendo.

—Son... preciosos. Por supuesto que iba a darte las gracias, pero...

—¿Quieres otra cosa?

—Sí. Podría decirse así.

La miró un instante y, a pesar de la distancia, sintió el ardor de su mirada, la posesión.

—¿Qué es?

Jemma sintió que se le aceleraba el pulso. Había ido caminando deprisa, pero eso no podía explicar aquel repentino calor.

—Quiero algo que no es un regalo físico.

—¿No te gustan las joyas y la ropa?

—Sí, pero no es mi regalo favorito.

—Creía que a todas las mujeres les gustaban las buenas joyas y las ropas exquisitas.

—Siento desilusionarte.

—No me desilusionas. Me intrigas. ¿Qué puedes desear tanto como para venir corriendo a mi habitación una hora antes de que tengamos que encontrarnos en la Cámara de la Inocencia?

Mikael vio que sus mejillas estaban arreboladas. Estaba preciosa con aquel kimono rosa, y su voz sonaba ahogada, de modo que en lo único que podía pensar era en apartar aquella prenda y besar la piel pálida de su cuello. Tenía un cuerpo hermoso que deseaba hacer suyo.

—¿Quieres sentarte?

—No. Creo que estoy mejor de pie.

—¿Es que necesitas valor para lo que vas a decirme?

—Depende de cómo te lo tomes.

—Entonces quizás sea mejor que no lo hablemos ahora. Esta noche es muy especial.

—Lo de esta noche no puede ocurrir si antes no hemos hablado, Alteza.

—*Laeela* —Mikael suspiró—, te confieso que no me satisface lo más mínimo la dirección que está tomando nuestra relación. Hablamos mucho. Para ser exactos, tú hablas y yo escucho.

—El problema es que, en realidad, no escuchas.

—Yo diría que el problema es que tú hablas demasiado.

—Porque no estás acostumbrado a tratar con una mujer con cerebro decidida a utilizarlo.

—Entiendo —Mikael sintió deseos de sonreír, pero no lo hizo—. Podría ser, pero me pregunto si hablar no interferirá con el placer de esta noche. Quizás deberíamos esperar y hablar más tarde.

—La mayoría de los hombres no querrían hablar, Alteza, pero tenemos que hacerlo.

—Está bien. Tú hablas y yo escucho, siempre que me garantices que no vas a seguir con lo de «Alteza» en privado. Entiendo que has de hacerlo en público, pero ahora estamos solos, y mi nombre es Mikael.

Ella se humedeció los labios y sus ojos verdes brillaron en un rostro lleno de intensidad.

—Bueno, ¿y qué es lo que tienes que decirme? —insistió él, rozándole la mejilla.

—Quiero que me hagas una promesa.

Así que quería negociar con él. Interesante.

—Quiero que, como rey y líder del pueblo de Saidia, me prometas que honrarás las tradiciones de tu país y las costumbres de tu tribu.

Por la forma en que lo miraba se dio cuenta de que esperaba que se opusiera. Esperaba tener problemas. Se estaba preparando para la batalla.

—Siempre intento honrar las tradiciones de Saidia.

—Entonces, prométeme que respetarás también esta.

—Ayudaría saber de qué me hablas.

Parecía no encontrar las palabras adecuadas, pero la vio encogerse de hombros y decir sin más:

—Si no eres capaz de hacerme feliz en los primeros ocho días de nuestra luna de miel, quiero que me prometas que me devolverás a mi casa, a mi familia. A mi hogar.

Por un instante, Mikael no supo qué contestar.

—Mientras me enseñabas el palacio, me has ido explicando por qué la luna de miel es tan importante —continuó ella—. Me siento agradecida de que provengas de un pueblo que cree que una mujer debe ser feliz, porque yo también lo creo así. Creo que todas las mujeres deben ser felices, lo mismo que pienso que todas las mujeres tienen derecho a decidir con quién se casan y cómo quieren que sea su futuro. Yo necesito poder intervenir en él. Necesito que se escuche mi voz. Tienes que devolvérmela.

—No tengo que devolverte nada. No hago otra cosa más que oírte hablar.

—Entonces, hazme un regalo que yo pueda estimar: el regalo de tu promesa. Prométeme que seré libre de volver a mi casa si no puedes hacerme feliz.

—¿Es que dudas de mí?

—No lo haré si me prometes que puedo confiar en ti.

—Ya te he dicho que mi palabra es ley.

—Entonces, dime: «Jemma, si no eres feliz dentro de ocho días, te pondré en un avión de vuelta a Londres» —resumió, mirándolo a los ojos—. Eso es cuanto tienes que hacer y yo te creeré. Pero necesito una promesa, o me será imposible entregarte mi cuerpo o mi corazón si tengo miedo. Mikael, necesito saber que puedo confiar en ti. Tu promesa será el regalo de la dignidad y el honor. Tu promesa hará que me sienta segura y respetada, y servirá de base a nuestro futuro. De otro modo, no tendremos nada.

Era como una reina, pensó él, observándola. Hermosa y regia. Orgullosa, fuerte y firme.

Si se hubieran conocido en otras circunstancias, la habría hecho su amante. Habría disfrutado cubriéndola de regalos. Le gustaba mimar a sus chicas. Pero él no amaba. No quería amar. El amor lo complicaba todo. El amor no era racional.

Y él estaba decidido a serlo. Estaba decidido a ser un buen rey.

—Mikael, necesito saber que no solo te guía tu interés, sino también el mío —continuó, acercándose a él.

—Como rey, siempre antepongo el interés de mi pueblo.

—Como mi esposo, debes considerar también el mío.

—Ya lo hago.

Jemma le puso una mano en el pecho.

—Entonces, prométemelo, y podré encontrarme contigo esta noche con confianza y esperanza.

Él miró su mano apenas rozándole el pecho, por encima de su corazón, y la tomó con la suya, apretándola contra su pecho. Le rozó la muñeca con el pulgar y notó el ritmo saltarín de su pulso. Tenía miedo, y eso no le gustaba.

—No tienes por qué tener miedo.

–Eso no es exactamente una promesa.

–Aún me estás conociendo, pero descubrirás que soy fiel a mi palabra. No suelo hacer promesas empujado por el momento, ni falto a mis compromisos.

–¿Y eso qué significa?

–Que tengo ocho días para hacerte feliz.

Jemma se mordió el labio inferior con fuerza, y él envidió y compadeció ese punto de carne tibia.

Cuando fuera suya, ya lo curaría lamiéndolo y besándolo. Se le endureció el cuerpo solo con imaginarlo.

–Pero también entiendo tu desconfianza hacia los hombres. Tu padre te abandonó, y tu prometido ha hecho lo mismo. Has estado rodeada de hombres que solo pensaban en sí mismos, que hacían promesas vacías, pero yo puedo darte mi palabra, sin temor a fallar, de que te haré feliz.

–Y, si por la razón que sea, no puedes lograrlo, ¿me dejarás volver a Londres?

Su mirada oscura recorrió la curva de sus caderas y la rotundidad de sus pechos bajo el kimono.

–Sí.

Capítulo 8

DE VUELTA en su habitación, Jemma no era capaz de mirarse al espejo con aquel precioso vestido de satén blanco. Era demasiado suave y sensual para ser un vestido de boda, y al mismo tiempo el satén le proporcionaba la impresión de un vestido de novia occidental. La noche de bodas sin la ceremonia tradicional del matrimonio.

Respiró hondo mientras la doncella abrochaba las docenas de diminutos botones que tenía en la espalda y ella, a pesar del temblor de sus manos, se ponía los pendientes de perlas y brillantes.

Le dio un vuelco el estómago cuando metió los pies en aquellos preciosos zapatos blancos de diminutas perlas blancas. La imagen que le devolvió el espejo de la cómoda fue la de una novia vestida para acudir al lecho nupcial.

¿Y no era exactamente eso? La estaban preparando para la cama de su esposo. Envuelta en delicados aceites perfumados y enjoyada para él.

Antes, en su alcoba, al darle él la mano, no había sentido miedo. Más bien le había gustado el contacto. Irradiaba fuerza y calor, y su forma de entrelazar los dedos era especial.

Ya no era miedo lo que le inspiraba aquella noche, sino curiosidad.

Mikael llegó a sus habitaciones a las ocho en punto e inmóvil la vio atravesar el salón hacia él, con la cabeza alta, los ojos muy abiertos, los elegantes pendientes de perla en forma de lágrima adornando su cuello, los brillantes cortados por manos expertas desprendiendo puntos de luz en todas direcciones. El vestido se le pegaba al cuerpo, con delicadas hombreras que dejaban al descubierto sus hombros y el inicio de sus senos antes de llegar a su vientre plano y la deliciosa curva de sus caderas y de sus nalgas.

Verla así le hizo recordar el momento del rodaje en el que dejó caer el abrigo de piel y sus pechos quedaron al descubierto. El impacto de su belleza le sorprendió. Su reacción había sido visceral entonces: furia, ultraje, pero también deseo de posesión.

Deseó hacerla suya, apartarla de todos los demás, un deseo que intentó amparar detrás del sentido del deber, de la responsabilidad, pero se preguntó si no habría sido mucho más.

Le ofreció una mano y ella la aceptó. Temblaba. Se la llevó a la boca, pero aquella vez besó la yema de todos sus dedos.

—Ocho días y ocho noches.

—¿Y empieza ahora?

—Sí —contestó él, y la tomó en brazos para llevarla por los pasillos hasta la entrada del Palacio Nupcial—. Ya hemos llegado —dijo, abriendo la puerta de una habitación iluminada por cientos de velas blancas.

Jemma vio la cama, rodeada de más velas, y miró hacia otro lado.

—¿Vamos a la cama?

—No —su voz profunda sonaba divertida—. Estoy muerto de hambre. No he comido nada desde el mediodía. ¿No preferirías tomar algo antes? —preguntó, dejándola en el suelo.

—Sí —se apresuró a contestar ella—. Por favor.

La tomó de la mano para llevarla a un jardín íntimo que había sido transformado en un paraíso tropical en cuyo extremo se abría una gruta en la que sonaba una cascada de agua.

Docenas de velas iluminaban el camino hasta la gruta y otras tantas, las escaleras de la gruta.

La temperatura era muy agradable, y el aire olía a orquídeas y lilas, y Mikael la acercó a su costado para caminar por el estrecho camino señalado por las velas que conducía a una escalera de piedra por la que se llegaba a una estancia secreta dentro de la gruta; allí se había dispuesto una mesa en el centro de un mar de cojines de seda azul pálido. La gruta estaba hecha de piedra e iluminada por lámparas de gas. El agua se recogía en un pequeño estanque, y por encima de ellos se oía el rumor del agua al caer.

—Esto es increíble –se maravilló Jemma, sentándose sobre los cojines. Mikael se acomodó a su lado.

Para la velada no se había ataviado con la vestimenta tradicional de Saidia, sino que llevaba unos pantalones negros y una elegante camisa de vestir que se remangó al sentarse, dejando al descubierto unos fuertes antebrazos.

—Así está mejor –declaró, al desabrocharse también el botón del cuello.

Jemma tragó saliva. Verle cubierto solo por una toalla blanca había sido impresionante, pero no lo era menos vestido a la manera occidental.

Durante media hora el personal fue llevándoles las viandas: pollo con tomates y miel. Costillas de cordero, ternera agridulce, arroz de coco, tayín de jamón, zanahorias y ciruelas.

Tras los días de estrés que había pasado, Jemma se alegró de poder relajarse y disfrutar de aquella comida y del vino. Mikael estaba encantador aquella noche. Durante la cena le estuvo contando historias de todo tipo, algunas muy divertidas.

—Antes dijiste que no eres aficionada a las joyas ni a la

ropa –recordó, recostándose en los cojines–. ¿Qué es lo que te gusta? ¿El arte? ¿Las antigüedades? ¿Los coches?

–Los libros –respondió ella. Parecía sorprendido–. Me encanta leer.

–¿Ficción?

–Ficción, no ficción, todo. Aunque, cuando era joven, solo me gustaba leer novela romántica. Mi madre estaba convencida de que el día menos pensado me escaparía para unirme al circo o cualquier cosa por el estilo.

–¿Qué pensará cuando descubra que te has casado conmigo?

–Se llevará un disgusto tremendo.

–¿Por qué?

–Porque nuestras culturas son muy distintas, y le va a preocupar que pueda sentirme atrapada en una vida en la que no pueda ser yo misma, o que la falta de libertad pueda hacerme muy infeliz.

–Eso es bastante impreciso.

–El fracaso del matrimonio de Morgan nos ha dejado a todos muy marcados.

–Sin embargo, el día de la boda parecía muy feliz.

–Cierto. Pero estaba tan deslumbrada por Drakon que no pensó a fondo cómo iba a ser su vida en Atenas, y su relación se degradó enseguida –concluyó, pasándose la mano por la falda del vestido–. Mi madre le había advertido que la vida en Grecia como esposa de un magnate del comercio marítimo no iba a ser fácil, sobre todo para una chica norteamericana independiente, acostumbrada a tomar sus propias decisiones. Por eso estoy segura de que mi madre se va a disgustar tanto y más cuando se entere de que me he casado con un jeque de Saidia.

–¿Aunque se mejore tu situación? –preguntó Mikael, tras reflexionar un instante.

Entonces fue Jemma quien se quedó callada.

–Sé que tu hermano es el único de tu familia al que

aún le quedan propiedades y solo porque vive en Europa y no han podido echarles el guante. Pero no te quepa duda de que vuestro gobierno irá tras él. Lo que aún no haya perdido por el escándalo, se lo quitará el gobierno.

—Puede que no.

Él la miró con escepticismo.

—¿No es eso lo mismo que dijiste de la casa de tu madre, y acabó en manos del gobierno?

Jemma respiró hondo. Una cosa había sido perder su casa de St. Bart y la cabaña de Sun Valley, y otra muy distinta y mucho más dolorosa, perder la casa de su infancia, en la que vivió hasta que, cuando seis años, se trasladaron a Londres.

—No ha sido fácil para mi madre, desde luego. Menos mal que le quedan algunos buenos amigos, que la están ayudando. Es la única casa que se quedó tras el divorcio.

Sintió un dedo de Mikael en la mejilla y dio un respingo, pero se dio cuenta de que lo había hecho porque lloraba.

—Lo siento —se disculpó, y volvió la cara, pero él la hizo mirarle y le secó ambas mejillas. Su expresión era preocupada. Pensativa.

—¿Lloras por tu madre?

—Sí.

—¿Solo por ella, o también por el dolor que te causó ese inglés sin carácter que dice ser modelo?

—Y lo es. Es un gran modelo.

—Pero un mal hombre.

Jemma sonrió a pesar de sí misma.

—Mi hermana Logan dice que me hizo un favor. Dice que es mejor que descubriera la clase de hombre que es ahora, antes de que nos casáramos.

—Y tiene razón.

Le acarició el pómulo con el pulgar, y a continuación el mentón, pero su atención estaba puesta en la boca. Iba a besarla.

Jemma se sentía rara, con las emociones a flor de piel, confusa. Todo estaba cambiando. La energía que había entre ellos era distinta. Parecía casi sentir algo por ella.

Se acercó. Sus labios casi se rozaron. Notó un pulso en el vientre. Su respiración le acarició los labios.

—Siento mucho que ese inglés sin corazón te haya hecho daño. Que haya echado más leña a tu dolor. Pero yo te haré feliz, *laeela*, te lo prometo.

Ella lo miró a los ojos, perdida, deslumbrada.

—Disfrutarás siendo mi esposa —volvió a acariciarle la mejilla—. Tendrás riquezas sin cuento.

Jemma respiró hondo y se recostó en los almohadones. La magia había desaparecido.

No la comprendía. No entendía que lo que necesitaba no tenía nada que ver con la riqueza.

—El dinero no compra la felicidad. Yo no deseo riquezas. Ya la he tenido, y sé que con ella se pueden comprar cosas pero no lo que mi corazón necesita.

—¿Y lo que necesita tu cuerpo?

—¿Mi cuerpo? No entiendo.

—Sí. ¿Quién rinde culto a tu cuerpo?

Sin pretenderlo, pensó en Damien. Habían tenido una buena relación, y un sexo magnífico, pero nunca diría que había rendido culto a su cuerpo.

—Ningún hombre venera el cuerpo de una mujer.

—Pues eso es lo que yo pretendo hacer.

—Esta conversación me resulta muy incómoda. A lo mejor deberíamos hablar de ti. O de tu cuerpo, en lugar del mío.

Mikael sonrió. Como había ocurrido con su risa de antes, aquella sonrisa era la primera de verdad que le veía, y un pequeño hoyuelo apareció junto a la comisura de sus labios, un pequeño detalle que, increíblemente, transformó sus facciones, su semblante duro y fiero, volviéndolo accesible, adorable.

—No deberías hacer eso, ¿sabes?

—¿El qué?

—Sonreír.

—¿Por qué no?

—Porque cuando sonríes casi pareces humano.

—Es que lo soy.

—No tenía ni idea.

Él volvió a sonreír, y su expresión fue tan cálida y juguetona que Jemma deseó más de él.

Quiso sentirle más cerca. Sentirle más.

—Me encanta cuando te pones como una fiera.

—Es que tú me provocas.

El hoyuelo se marcó más.

—Puede ser.

En aquel momento vio quién podía haber sido de tener otro tipo de vida, o quizás así habría podido ser desde el principio con ella, de no ser Copeland su apellido.

A lo mejor en realidad era así: sexy, encantador, simpático. Quizás.

—Y mi cuerpo está perfectamente —añadió, aún con la sonrisa en los ojos—. Te agradezco la preocupación.

De pronto, Jemma sintió deseos de saber más de él: quién era, cómo vivía, si tenía muchas mujeres en su vida, si era la clase de hombre que encadenaba una novia tras otra, o prefería las relaciones largas.

—Háblame de tu cuerpo —cambió de tema—. ¿Trabaja mucho?

—Esa pregunta no me parece apropiada.

—No te estoy pidiendo que me des nombres o cifras. Solo quiero conocerte. Siento curiosidad. Es la clase de cosa que una mujer quiere saber de su hombre —y mirándolo a los ojos, le preguntó—: Entonces, ¿eres jugador?

—Lo era. Ya no. Desde hace un par de años.

—¿Por qué?

—¿Madurez, quizás? Solo puedo decirte que a los treinta empecé a cansarme de la caza. ¿Y tú?

—Me gusta tener novio, pero no necesito tener por fuerza una relación. Soy bastante exigente, y prefiero estar sola que con un hombre cualquiera.

—Una mujer con estándares muy altos, ¿eh?

—Una mujer que prefiere los libros al sexo ocasional.

—A lo mejor resultas ser la novia perfecta para un hombre como yo.

Hubo un momento de silencio en el que Jemma sintió mil cosas distintas. Allí, en aquel... palacio del placer, había empezado a sentir la necesidad de algo, aún sin identificar claramente, pero los sueños que había tenido la noche anterior habían despertado algo en su interior, de modo que el día lo había pasado inquieta y como a la espera de algo, de una sensación, quizás.

Y al mirarlo en aquel instante a los ojos, esa posibilidad cobró forma: la del placer. Sería maravilloso volver a sentir. Reconocerse de nuevo como mujer. Sentirse cerca de otra persona.

—Si has terminado la cena —dijo él, poniéndose en pie—, es el momento de que me acompañes.

Salieron de la gruta secreta al jardín de fragantes lilas y parras. Al final del camino iluminado por las velas habían dispuesto una mesa estrecha cubierta con sábanas blancas.

—¿Qué es eso?

—Una cama de masajes. Tú te tumbas ahí, boca abajo, y yo...

—¿Por qué?

—Porque la mayoría de los masajes empiezan por la espalda.

–Ya, pero ¿por qué vas a darme un masaje?

–He pensado que te gustaría, y que te ayudaría a relajarte. Quiero que te relajes, que te convenzas de que todo lo que va a pasar aquí, en el Palacio Nupcial, va a ser agradable; que nada de lo que vaya a hacerte será contra tu voluntad. Si algo hace que te sientas incómoda, no tienes más que decirlo. ¿Alguna pregunta? –concluyó, apartando la sábana de arriba.

–¿Me dejo puesto el vestido? –preguntó, mirándose.

–No. Quítatelo. Quítatelo todo y túmbate entre las sábanas.

Y se dio la vuelta mientras ella se desnudaba.

Cuando Mikael se volvió, la encontró ya tumbada, con la melena oscura colgando sobre un hombro. La deseaba. Deseaba tenerla ya en su cama. Pero ella no estaba preparada, y tenía que lograr que lo deseara antes de que ocurriera algo entre los dos.

Colocó las manos sobre la sábana y las dejó inmóviles, esperando que ella notara su presión, el calor de sus palmas. Aquel masaje no iba a tener contenido sexual, sino que pretendía demostrarle que no iba a hacerle daño, ni a forzarla a algo que ella no deseara.

Solo pretendía romper el hielo. Crear confianza. Despertar sus sentidos también, para que se sintiera cómoda con él físicamente. El deseo no se podía imponer; tenía que brotar de dentro.

Se concentró en aprender sus formas a través de la sábana mientras ella se sintiera protegida, segura. Le había dicho que, cuando quisiera que parara, se lo dijera.

Comenzó desde los hombros, siguiendo la línea de su espina dorsal y ejecutando el movimiento hacia fuera, rebajando la tensión, animándola a respirar más despacio, más hondo.

Unos minutos después, bajó la sábana hasta más allá de su cintura, y con la mirada siguió las líneas de su cuerpo, la curva de su cintura, el suave descenso de sus caderas. La sábana ocultaba sus nalgas, pero él sabía que estaban allí, y quería verlas. Tocarlas. Acariciarla toda ella.

Y lo haría, pero no en aquel momento, no aquella noche.

Recogió su larga melena con habilidad y la dejó delante de su hombro.

Al alejarse un paso para alcanzar el aceite, vio su perfil: tenía los ojos cerrados y los labios ligeramente entreabiertos. La piel blanca parecía brillar, siguió la curva de sus senos y la de sus caderas con la mirada, y se excitó. Llevaba horas deseándola. Vivía en un estado constante de excitación estando con ella.

Había deseado a muchas mujeres, y sabía cómo complacerlas, pero el deseo por aquella le dolía. O quizás fuera el hecho de que no iba a poder tenerla aún.

Se frotó las manos con el aceite, y su textura resultaba tan sensual que dudó de ser capaz de seguir adelante. El masaje pretendía provocarla, pero el que estaba resultando provocado era él, y no le gustaba.

Colocó las manos en el centro de su espalda y comenzó a moverlas con decisión y firmeza. Ella estaba tensa, pero él tenía paciencia e intentó centrarse en las largas y elegantes líneas de su cuerpo, desde el hombro y los brazos pasando por las caderas, hasta los muslos y las pantorrillas.

Durante dos horas estuvo frotando y masajeando, por delante y por detrás, dolorosamente consciente de que sus pezones se marcaban por encima de la sábana.

La deseaba, pero esperaría a que fuera ella quien lo buscara. Esperaría a que se lo pidiera... no, a que se lo rogara.

Dejó de mover las manos y, acercándose a su oído, le dijo que había terminado y que sujetara la sábana. A continuación, la tomó en brazos y la llevó a la cama de la Cámara de la Inocencia.

–Buenas noches –dijo–. Que duermas bien. Nos vemos mañana por la mañana.

La había dejado en la cama y se había ido.

Se colocó boca abajo y hundió la cara en la almohada. El cuerpo le pedía más. Quería satisfacer su deseo. Menos mal que, al día siguiente, las cosas serían distintas y no tendría que quedarse así, tan frustrada. Eso era lo que le había prometido el jeque, ¿no?

Había disfrutado mucho del masaje, de los aceites olorosos, del contacto de sus manos extremadamente concienzudo, sin prisa, alargando horas el masaje. Y ese era, precisamente, el problema.

Ese masaje debía ser el comienzo de algo. Un juego preliminar. Mientras sentía cómo sus manos relajaban los músculos tensos, se le había imaginado haciendo otras cosas... sabía que sus caricias pasarían de ser relajantes a excitantes. Estimulantes.

No había podido evitar soñar con ello tumbada sobre la mesa, dejarse llevar por la fantasía, seguramente porque sabía que a continuación iba a tener lo que necesitaba: sexo.

Pero a continuación, no había habido nada. Solo un delicioso y largo masaje a manos de un hombre que, obviamente, tenía algo de experiencia, y unas buenas noches.

Estaba claro que sabía exactamente lo que estaba haciendo: excitarla para después dejarla con las ganas.

Iba a tener que decirle un par de palabras al día siguiente.

Capítulo 9

TARDÓ mucho en dormirse, y, cuando se despertó a la mañana siguiente, tardó mucho en levantarse. El masaje no solo había despertado su cuerpo, sino sus emociones, y abrió los ojos sintiéndose inquieta, desquiciada incluso.

Mikael había prometido hacerla feliz durante los ocho días posteriores a su boda, pero ahora se sentía mucho menos cómoda y optimista que el día anterior. Quizás fuera aquella habitación, pensó, mirando el frío mármol blanco de las paredes de la Cámara de la Inocencia. Era demasiado formal y fría, demasiado solitaria.

Entendía por qué la había dejado allí sola. Quería que se sintiera cómoda, pero lo que se sentía era aislada. El mármol y la seda atraerían a otras mujeres, pero no a ella.

Se abrazó a la almohada. Inesperadamente echaba de menos a su familia, y eso era mucho decir, porque llevaba años viviendo por sus propios medios.

Llamaron a la puerta. Era Mikael, vestido con unos pantalones informales de color caqui y camisa blanca. En las manos llevaba algo de un naranja rabioso.

—Para ti —dijo, y entró para dejarlo sobre la cama.

Lo tuvo que mirar varias veces para reconciliar aquella imagen con la del apabullante jeque, el hombre que podría sentirse tan cómodo vestido como desnudo. Desdobló la prenda. Era una túnica y un bikini del mismo color.

—¿Vamos a nadar? —preguntó, examinándolo. La parte de arriba era sospechosamente pequeña.

–Solo si te apetece. Vamos a desayunar en el jardín central, junto a la piscina. Hoy ya hace calor, y a lo mejor te apetece darte un baño. Pero no tienes que ponerte el bikini si no quieres. Es que no sabía si te sentirías cómoda bañándote desnuda.

Jemma se ruborizó.

–Me pondré el bikini, gracias.

Estaban teniendo un día perezoso y complaciente. Era como estar de vacaciones en un resort de lujo. Se había bañado varias veces en la piscina, y en ese momento estaba recostada en una tumbona, tomando el sol, con Mikael a su lado tumbado también, leyendo.

No podía evitar mirarlo de vez en cuando, recorriendo con la mirada sus abdominales, las piernas largas y fuertes, los bíceps desarrollados. No se parecía en nada al jeque que había conocido tres días antes. De hecho, no parecía ni siquiera el dignatario de un remoto país.

A su espalda, la piscina brillaba con el sol. Una persona de servicio se acercaba a ellos con una bandeja de toallas frescas y un delicioso sorbete de piña que Jemma se tomó con una cucharita.

–Verte me da hambre –dijo él, viéndola comer y sin tocar el suyo.

Ella se sonrojó, a pesar de que estaba fingiendo no entenderle, aunque era inconfundible su modo de mirarla a la boca, como si fuera comestible.

–Ahí tienes tu copa. Si no te das prisa, se te va a derretir.

–Entonces, te lo extenderé a ti sobre la piel y me lo comeré a lametazos.

–No te atreverás.

–No me tientes.

–¿Y dónde me lo extenderías?

–Estás jugando con fuego, *laeela*.

Jemma entornó los ojos contra el sol.

–Hace calor –dijo, y se pasó la lengua por los labios para rebañar el sorbete.

–Mucho calor –respondió él con la voz algo ronca.

–A lo mejor deberías darte un chapuzón y refrescarte.

–A lo mejor deberías dejar de comerte el helado como si estuvieras loca por un revolcón. Solo era un consejo –añadió, encogiéndose de hombros.

–Claro. Estás intentando ayudarme, ¿no?

–Protegerte, más bien.

–¿De quién?

–Mejor di de qué –respondió él, mirándola de arriba abajo como si toda ella fuera comestible.

Era muy excitante. Se le estaba acelerando el pulso.

–¿De qué?

–De que alguien te posea.

–Ah.

De pronto, le costaba trabajo respirar con normalidad. Que alguien pudiera poseerla nunca había tenido atractivo alguno para ella. Hasta aquel momento.

Ya era hora de que ocurriera algo excitante. Llevaba toda la mañana allí con su diminuto bikini naranja queriendo recibir su atención, y ahora que la tenía, no iba a perderla.

–¿Duele? –le preguntó–. Lo de ser poseída, quiero decir.

–No –contestó él un instante después–. Al contrario. Te encantaría.

–¿Cómo voy a saberlo, si ni siquiera me has besado?

Se le iluminaron los ojos y, aunque apretaba la mandíbula, sonreía. Su aspecto era peligroso y magnífico.

–¿Quieres que te bese? –le preguntó, sus ojos eran

tan oscuros y abrasadores que se sintió como el sorbete: derritiéndose.

—Sí, pero solo si besas muy, muy bien.

No estaba planeado que le gustara su mujer, pero lo cierto era que estaba ocurriendo. Era lista, divertida e intensa, y tan impresionante con un vestido formal como con un traje de baño junto a la piscina.

En aquel instante estaba arrebatadora, con el pelo aún mojado, la piel arrebolada, el cuerpo apenas cubierto por aquel bikini que era del color de su desierto cuando se ponía el sol.

—Es que, como empiece a besarte —le advirtió, con una voz tan honda que era casi un gruñido animal—, no vas a querer que pare.

—Eres muy presumido.

—Soy sincero.

—A mí me parece que eres un jactancioso. Mucho hablar, pero poco hacer.

Le encantaba que pudiera excitarle con tanta facilidad.

—Te encanta desafiarme, ¿eh?

—Solo estaba diciendo que...

—Ven aquí. Vamos, habladora. Veamos lo valiente que eres.

Inesperadamente, Jemma se desinfló. Le falló el valor, y se encogió sobre sí misma, de pronto tímida e insegura.

Mikael ocultó la sonrisa. Era lo que se esperaba. Era una de esas chicas buenas que querrían ser malas. Se levantó de su silla, se acercó a ella y la hizo levantarse. En sus ojos vio brillar preocupación, excitación e incertidumbre. Llevándola de la mano, la condujo al cenador rojo y marfil que había a su espalda y corrió las cortinas de seda para ocultarlos de la vista.

—Siéntate.

Jemma se sentó en uno de los divanes dispuestos junto a la pared, y él se acomodó a su lado.

—¿Qué vamos a hacer?

—Lo que nos apetezca —dijo, acercándose tanto a ella que pudo sentir el calor de su respiración.

Jemma contuvo el aliento, esperando el beso. Tenía la sensación de haber estado esperando aquel momento desde siempre. Pero él se tomaba su tiempo, apenas rozándole la mejilla con los labios.

Se volvió deseando sentir su boca en la suya, pero él estaba explorando la línea de su pómulo, y unos afilados dardos de placer se clavaron en su carne. Las sensaciones que creaba su boca eran maravillosas, con aquellos labios carnosos y sensuales.

Y qué bien olía.

Incapaz de seguir conteniéndose, acercó su boca a la suya y esperó. Esperó a ver qué hacía. Si quería seducirla, iba a dejarle. Estaba preparada para el placer, para la sensación, para la satisfacción. Para una satisfacción exquisita.

Vio cómo ponía la mano en su mejilla, acariciándola despacio, y cada contacto con sus dedos le despertaba una pulsación en el vientre. Sus pechos, ya necesitándole, ardían de sensibilidad. Quería que se los acariciara, que rozara sus pezones, que llegara entre sus muslos. Suspiró, impaciente.

—¿No eres feliz? —preguntó él, sin separarse de su boca.

Se revolvió mientras él jugaba con el lóbulo de su oreja.

—Resulta un poco frustrante. Creo que ya es hora de que me beses.

—Pero si ya lo estoy haciendo.

—No. Quiero un beso de verdad —insistió Jemma, sin preocuparse de que se suponía que iba a resistirse.

Con las manos en sus mejillas, fue ella quien inició el

beso, dejándose llevar por el calor que palpitaba entre ellos. Él se separó aún un instante, sus ojos parecían casi negros en la oscuridad matizada del cenador.

—Quizás deberíamos dejarlo. No quiero forzarte.

—No creo que seas tú quien me esté forzando a mí. Más bien, al contrario.

—No me estás forzando, créeme —le aseguró él, sonriendo de nuevo.

Jemma volvió a acariciarle las mejillas. Estaba utilizando su belleza contra ella.

—Esto se te da bien.

Su risa fue honda.

—Mejor, ¿no?

—Es que me está siendo imposible resistirme.

—Podrías hacerlo. Bastaría con que dijeras «no», y todo se acabaría. Nunca te forzaría a hacer algo que no quisieras.

Su boca viajó entonces a lo largo de su cuello, sobre su clavícula, por su pecho hasta llegar a sus senos, por encima del tejido del bikini. Ella se estremeció y se quedó sin respiración cuando Mikael succionó su pezón por encima de la tela.

Fue ella quien apartó la copa del bikini, dejando el pezón al descubierto, y quien empujó de nuevo su cabeza para que aplicara su boca a la carne desnuda.

Jemma suspiró. Su boca era caliente, la punta de su lengua, fresca, pero el conjunto era abrasador, húmedo, y ella sintió que le ardía el cuerpo.

Quería que la tomase ya. Quería sentir sus manos entre las piernas quitándole el bikini, separando sus muslos y entrando en su cuerpo, llenándola, satisfaciendo el deseo enloquecedor que le latía dentro.

Pero no lo hizo. Sus manos se quedaron en sus senos, su boca en los pezones, succionando y lamiendo.

Incapaz de controlarse, se incorporó de golpe. ¿Cómo

era posible que la hubiera llevado al borde de un orgasmo así? Casi no podía mirarlo por la vergüenza y por la intensidad de lo que estaba sintiendo aún. ¿Cómo podía llegar al orgasmo sin que ni tan siquiera la hubiera tocado entre las piernas?

—¿Te he asustado? —preguntó él, obligándola suavemente a mirarle.

Ella negó con la cabeza, pero había lágrimas en sus ojos.

—¿Entonces?

—Es que eres muy bueno en... eso.

Mikael le acarició la mejilla con el pulgar.

—Ha sido demasiado.

—No te conozco —respondió ella, ardiéndole los ojos y la garganta—. No te conozco —repitió—. Y para sentir así físicamente contigo, creo que debería conocerte.

Jemma siempre encontraba el modo de sorprenderle, aunque no habían sido sus palabras aquella vez, sino sus emociones. Parecía no entender lo que estaba sintiendo.

No era quien él había creído. No se parecía a su padre, y su dulzura le recordaba a su propia madre.

¿Cómo habría sido su madre de joven, antes de que se casara con su padre? Probablemente valiente y aventurera. Al fin y al cabo, era una norteamericana que se había casado con un jeque, y aunque aparentemente le encantase el exotismo de la cultura de su esposo, nunca había sido capaz de asimilarla. Por otro lado, su padre no la había ayudado a adaptarse. La había dejado abandonada a su suerte. A que lo lograra ella sola. Un error.

Su matrimonio había sido un error. Su propia madre se lo había dicho.

Sintió que se le contraía el pecho. No quería que su futuro se pareciera a su pasado. Que sus hijos pudieran crecer tan tremendamente infelices.

Tomó la mano de Jemma y la besó en la palma y en la muñeca. Tenía la piel tan suave que el latido de su corazón la traspasaba.

—Tengo un regalo para ti —dijo, recostándose en los cojines.

—No necesito regalos —contestó ella—. Las cosas materiales me dejan fría.

—Entonces, ¿qué puedo darte?

Ella lo miró un instante antes de contestar.

—Quiero saber cosas de ti.

—¿De mí?

—En lugar de regalos, cuéntame cada día algo que no sepa de ti.

—Cubrirte de joyas sería más fácil.

—Exacto. Si quieres darme algo que sea importante, dame parte de ti. Déjame conocerte. Eso sí que sería un verdadero regalo, un tesoro para una novia.

—¿Qué quieres que te diga? ¿Qué quieres saber?

—Háblame de tu madre. Y de tu padre.

—No es un tema agradable.

—Los padres y los divorcios nunca lo son.

—Entonces, ¿por qué quieres que te hable de eso?

—Porque son personas importantes en nuestras vidas. Nos dan forma, para bien y para mal —lo miró a los ojos—. ¿Estabas más unido a uno que a otro?

—No recuerdo haber estado muy unido a mi padre —dijo él tras un suspiro—, pero estoy seguro de que me consintió todo. Los padres aquí suelen malcriar a sus hijos, especialmente a los varones.

—¿Y tu madre?

—Me adoraba —contestó Mikael, aunque le resultaba incómodo hablar de ella—. Fue una buena madre, pero se divorciaron.

—¿Sabes por qué?

—¿Y tú? ¿Sabes por qué se divorciaron los tuyos?

—Mi padre le era infiel.

Mikael odiaba aquella sensación en el pecho.

—Mi padre quería tomar una segunda esposa, pero tardaron mucho en divorciarse. Casi cinco años. Mi padre no quería, así que se opuso.

—La quería.

—No lo creo, pero no quería que lo avergonzara. ¿Cómo iba a tolerar el rey que su esposa lo abandonara?

Jemma se quedó pensativa.

—Tu madre lo quería, y no querría compartirlo con otra mujer.

—No sé. Yo no recuerdo amor, sino años de peleas.

Y de llanto. Pero no como lloraban las mujeres de Saidia, sino en soledad, por la noche, cuando creía que nadie la escuchaba. Pero él la había oído. Y nunca había hecho nada al respecto.

Jemma puso una mano en su pecho.

—Tenía que saber cuando se casó con tu padre que podía llegar a tomar otra esposa.

—Mi madre siempre decía que le prometió que no lo haría. Que incluso le dijo que iba a reflejarlo en su contrato nupcial. Pero no llegó a hacerlo. Mi padre decía que ella siempre supo que podía llegar a tener otras esposas —no quería recordar aquellos años, tanto sufrimiento causado por las discusiones interminables, y el llanto de su madre por las noches, cuando el servicio ya se había retirado—. Cuando por fin se divorciaron, mi padre tenía tres mujeres más —Mikael vio compasión en la mirada de Jemma y se sintió muy incómodo—. Yo tenía once años.

—¿Te fuiste a vivir con tu madre?

—No. Me quedé con mi padre.

—¿Era lo que tú querías?

—No podía elegir. Tenía que quedarme con mi padre. En Saidia, como en muchos otros países árabes, a las madres no se les concede la custodia de sus hijos en caso de divorcio. Suelen quedar en manos del padre, o del pariente más cercano, y los varones siempre con el padre.

Jemma se acercó más a él y puso ambas manos sobre su pecho.

–Pero verías a tu madre de vez en cuando, ¿no?

–No.

–¿Nunca?

–Fue desterrada de Saidia –alargó la mano y tomó un mechón de su cabello entre los dedos–. Tardé casi veinte años en volver a verla. Fue unos meses antes de la boda de tu hermana.

–¿Qué?

–Primero no me lo permitían, y más adelante, fui yo quien no quiso verla.

Jemma lo miró boquiabierta.

–La castigaste por el divorcio.

Él se encogió de hombros.

–Me costó mucho perdonarla por haberse divorciado de mi padre, porque sabía que, si lo hacía, me perdería a mí. Le dejó claro desde el principio que no podría llevarme con ella, pero se divorció de él de todos modos. Eligió dejar Saidia y separarse de mí –inesperadamente se puso de pie y le ofreció la mano–. Hace calor, y ya hemos hablado. Nos vendría bien un baño.

Nadaron y jugaron en el agua hasta que les llevaron la comida, que tomaron a la sombra de una palmera. Mientras comían, Jemma no podía dejar de pensar en su madre.

–¿Te pareces físicamente a tu padre?

Mikael se pasó una mano por el pelo.

–Habría preferido no hablarte del divorcio.

–¿Por qué?

–Porque no me siento cómodo con ese tema, como tampoco estoy orgulloso del comportamiento de mi padre. O del mío. Ni de las decisiones que se tomaron.

Ella lo entendía bien, más de lo que él podía imaginarse. Hasta los trece años, su padre mantuvo el contacto con ella y con su madre, pero entones volvieron a discutir, y todo contacto cesó. Su padre desapareció de su vida por completo.

—A veces pienso que, si mis padres no se hubieran divorciado, y mi padre hubiera estado más involucrado en nuestras vidas, habría hecho las cosas de otro modo. Se habría dado cuenta de lo mucho que lo queríamos y lo necesitábamos —reflexionó Jemma.

—¿Te culpas a ti misma? —preguntó él, incrédulo.

—Intento comprender qué pasó.

—Que fue un egoísta.

Jemma suspiró.

—Tienes razón.

—Un egoísta además de la peor calaña, porque fingía preocuparse por la gente, saber lo que los más vulnerables necesitaban, para luego destruirlos.

Jemma cerró los ojos.

—¿Quién es capaz de hacerse amigo de una mujer mayor con el fin de robarla? Tu padre le dijo a mi madre que hipotecara su casa, y que él invertiría ese dinero para que le produjera beneficios. Pero en realidad se lo guardó todo en el bolsillo —Mikael respiró hondo. Su voz sonaba cargada de rabia—. No deberíamos hablar más de esto.

Ella asintió, y un silencio denso y sofocante se extendió entre ellos.

Estaba tan avergonzada... en el mundo árabe, ella representaba a su familia. Era una extensión de su padre, y en Saidia, su vergüenza la perseguiría. La mancharía sin remedio.

No le quedaba más remedio que encontrar el modo de volver a casa y trabajar. El trabajo seguía siendo la respuesta. Bastaba con que aguantase aquellos siete días con sus siete noches.

Capítulo 10

TENÍA que vestirse para cenar.

Eso era lo que decía en la tarjeta que acompañaba a la funda del vestido: *Vístete para cenar. Te recogeré a las nueve.*

Jemma abrió la cremallera y apartó un delicado velo de papel para descubrir un suntuoso vestido de seda del color de los melocotones maduros. Unas perlas doradas adornaban el bajo y la única manga larga de aquella creación asimétrica. Era precioso. Exótico. Un vestido para una princesa del desierto.

Había una caja de joyería en el fondo de la bolsa, y en ella, unos pendientes en forma de candelabro con perlas y brillantes engastados. Daban la impresión de ser antiguos y muy valiosos, y acercándoselos a la oreja, se miró en el espejo. Quedaban preciosos con el pelo suelto. Aquella noche no se lo iba a recoger. Quería parecer una auténtica princesa del desierto.

Mikael llegó puntualmente a buscarla, y ella llevaba preparada casi una hora. Iba vestido al estilo tradicional, lo cual le decepcionó un poco, porque le gustaba más con ropa occidental. Se sentía más cómoda cuando su aspecto le resultaba familiar.

—Estás increíble —dijo él.

Ella sonrió para ocultar el nerviosismo.

—Gracias.

—¿Sabes qué vamos a hacer? —preguntó él cuando salían ya por el corredor.

–No.

–Bien –Mikael sonrió.

Llegaron hasta la puerta de la casba. Un coche les esperaba allí. Unos minutos y entraron en el desierto. El coche parecía volar sobre aquella cinta de asfalto, y la luz de la luna bañaba las arenas onduladas.

–Esto, mi reina, es todo tuyo –dijo él, señalando hacia el otro lado de la luna tintada del coche.

–Unas arenas maravillosas.

–¿Te burlas de mi desierto?

–De ninguna manera.

–Bien –le brillaban los ojos–. Porque yo adoro hasta el último grano de arena de este desierto.

Jemma sonrió, y él le devolvió la sonrisa. Luego rozó con delicadeza el pendiente.

–Te quedan preciosos.

–Es que son exquisitos.

–El otro día me dijiste que no valorabas las joyas.

–No tanto como otras mujeres.

–Pero valoras... conversar.

–Compartir –explicó ella.

–¿Qué piensas de las disculpas?

Ella alzó las cejas.

–Pues, en mi experiencia, a las mujeres les encantan, pero los hombres suelen odiarlas.

Mikael sonrió.

–Mi experiencia dice lo mismo –sentenció–. Y aunque para mí es muy difícil decir «Lo siento», te debo una disculpa. Antes, en la piscina, he sido brusco contigo. He centrado mi rabia en ti, cuando en realidad es con tu padre con quien estoy enfadado.

–No tienes por qué disculparte –respondió, cambiando de postura–. Todo lo que dijiste era cierto. Mi padre trató a tu madre de una forma horrible...

–Sí –la interrumpió él–, pero eso no es excusa, ni disculpa mi comportamiento. Tú pretendías comunicarte conmigo, compartir tus experiencias, y yo te he contestado con rudeza, te he hecho daño. Lo siento. No me enorgullezco de mis defectos, y, como has podido ver, tengo muchos.

Jemma tardó un rato en encontrar qué decir. Era difícil hablar cuando los ojos y la garganta le ardían. Su sinceridad la había sorprendido. Y conmovido.

—Pues claro que te perdono. Todos tenemos cosas que nos duelen.

—Todo lo que tiene que ver con mi madre me afecta mucho porque mi padre no la trató bien, y yo tampoco.

—Tú solo eras un crío cuando se divorciaron.

—La odié por divorciarse —dijo él, sin ambages—. ¿Tan importante era su orgullo? ¿Más importante que yo? Sabía que, cuando el proceso terminara, abandonaría el país sin mí —estiró las piernas—. Mentiría si te dijera que ahora lo entiendo, porque no es así. Quizás no llegue a entenderlo nunca. Pero con once años fue terrible saber que mi madre había elegido abandonarme.

Jemma le puso la mano en el brazo.

—A lo mejor no pensó que fuera a perderte del todo. Supuso que las cosas saldrían de otro modo.

—¿Cómo?

—Quizás pensó que tu padre daría marcha atrás y cambiaría de opinión. Que no se volvería a casar. O a lo mejor que tu padre accedería a compartir tu custodia, o incluso a cedérsela a ella mientras fueses pequeño —se inclinó hacia él y los delicados pendientes tintinearon—. Si tu padre la engañó en el acuerdo de matrimonio, ¿quién sabe qué más pudo decirle, o prometerle?

—Pero eso no lo sabía. No sabía que él era el culpable, el que había mentido, así que la culpé a ella.

—Y te enfadaste.

—La odié.

–Y luego, de adulto, supiste la verdad.

–Sí –sonrió, pero el gesto no le llegó a los ojos–. Y entonces, odié a mi padre.

–¿Se lo dijiste?

–No. Entonces no.

–¿Y fuiste en busca de tu madre? ¿Intentaste explicarte con ella?

–Esperé mucho tiempo. Demasiado. Si hubiera acudido a ella, si hubiera intentado ayudarla antes, quizás no habría confiado tanto en el primero que llegaba. En los desconocidos.

–Como mi padre.

Mikael asintió.

–Tendría que haber estado a su lado antes –su expresión se volvió burlona–. Ahora comprenderás por qué no me gusta hablar del pasado. No he sido una buena persona. Más bien he sido muy destructivo, y por eso estoy tan decidido a redimir a los Karim y a restaurar el honor de nuestra familia y de Saidia. No puedo permitir que mi madre haya muerto en vano.

–Eres demasiado severo contigo mismo –le sugirió Jemma con suavidad.

–Nunca se debe abusar del poder.

–Aún no te he visto hacer tal cosa. Más bien al contrario: me ha dado la impresión de que te esfuerzas por ser justo, aunque tu idea sea muy distinta de la que los occidentales tenemos.

–Entonces, a lo mejor he empezado a hacer las paces –respondió él, y añadió mirando por la ventanilla–: ¿Ves esas luces que se ven a lo lejos? Es donde vamos a cenar esta noche, mi reina.

–¿Es un restaurante?

–No –contestó Mikael, divertido–. Al menos, no como tú lo imaginarías.

Capítulo 11

JEMMA se quedó sin palabras al entrar en aquella jaima. Unas gruesas alfombras rojas cubrían la arena, y se iluminaban con unas antiguas lámparas de cobre que colgaban de los postes de madera. Más lámparas y velas brillaban en mesas bajas. Fuera de la jaima, ardía un fuego bajo que emanaba un delicioso olor a cordero.

—¿Lista para cenar? —preguntó Mikael.

—Muerta de hambre, en realidad.

—Pues estás de suerte, porque el primer plato ya está listo.

Los vegetales a la parrilla y la carne fueron servidos con un cuscús aromático, almendras fileteadas y pasas. Como siempre, Mikael resultó ser una compañía fascinante. Le estuvo contando historias de Saidia y sus tribus, lo que le hizo comprender el porqué de aquella ropa. Estaban en su desierto. En su mundo.

Justo en aquel momento, la brisa de la noche jugó con los finos paneles de seda que formaban la jaima, y al separarse dejaron ver la luna blanca y el cielo negro y profundo.

El aire era tan claro que las estrellas resultaban deslumbrantes. Nunca lo había visto así en Londres o en Nueva York, pero en la inmensidad del desierto, con la oscuridad extendiéndose en todas direcciones, el cielo rutilaba con su luz.

—Qué noche tan hermosa —dijo Mikael, siguiendo la dirección de su mirada.

–Esto es increíble. Me siento como en un cuento de hadas.

Mikael tardó un instante en volver a hablar.

–Creo que, después de la luna de miel, deberías ir a ver a tu madre. No quiero que se preocupe por ti, que ya tiene suficientes preocupaciones.

–¿Me permitirías viajar contigo?

–Conmigo y sin mí. El matrimonio no es una cárcel, y nunca te apartaría de tu familia ni de las oportunidades que puedan presentarse, siempre y cuando no faltes a tus obligaciones como esposa y reina –hizo una pausa y la miró–. Tengo una casa en Londres, grande y cómoda. Bien situada. Y necesita a alguien que la llene de gente y fiestas.

–Me estás tomando el pelo. Quieres tentarme con posibilidades que son un imposible.

–¿A qué te refieres?

–No deberías ponerme una zanahoria delante en forma de esas oportunidades de las que hablas: Soy fuerte, pero no tanto. Si me quedara aquí, nunca sería por las cosas –lo miró a los ojos–. Sino por la única razón que debe importar: por ti.

Los dos quedaron en silencio. Luego Mikael tomó su cara con las manos y la besó brevemente en los labios. Jemma sintió que le daba un vuelco el corazón.

–La próxima vez que vea al jeque Azizzi, tengo que acordarme de darle las gracias –dijo Mikael –. Me enfadé mucho con él en Haslam. Me parecía casi un insulto que pretendiera cargarme contigo, pero obviamente él debió ver algo que a mí me pasó desapercibido.

–«Cargarme» es un término poco halagador.

–Tú tampoco estabas entusiasmada que digamos.

Eso era cierto. Estaba atónita, enfadada, desesperada. Aunque tenía que reconocer que en aquel momento casi lo era. Feliz. Por primera vez desde hacía meses, estaba tranquila. Contenta. El aire le llenaba por completo los pulmones. Precisamente por eso debía andarse con cuidado. Tenía que mantener la guardia alta. No debía permitir que Mikael se acercase más.

Mientras charlaban, un sirviente les retiró los cuencos y los platos, y llevó unas bandejas de delicadas galletas y frutos secos.

–¿De verdad te gusta Londres? –preguntó él, tomando un dátil relleno de queso–. ¿No ha sido un choque cultural para ti?

–Me encantó desde el primer momento. Allí nadie me prestaba atención, y podía ser libre –escogió un hojaldre de almendras y lo partió por la mitad–. Ahora es distinto. Me conoces, y estoy más sola que nunca.

–¿Te sientes sola?

–Echo de menos lo que tenía. No las cosas, sino los amigos, las actividades, la energía. Me levantaba temprano a diario, excitada pensando qué podría depararme el día, pero ahora me limito a subsistir. A seguir adelante.

–Una vez volvamos a Ketama, cuando todo el mundo sepa ya que nos hemos casado, descubrirás que las puertas que ahora te están cerradas, se abren. Como mi esposa, serás bienvenida en todas partes. Nadie se atrevería a avergonzarte, o a excluirte.

–No quiero ser aceptada porque la gente tenga miedo de tu reacción. Quiero ser aceptada por mí misma –inesperadamente sintió ganas de llorar, y tomó un sorbo de su copa–. Es duro que la gente se burle de ti.

–Por eso necesitas mi protección. No quiero que sufras más de lo que ya has sufrido.

Se miraron a los ojos, y su iris oscuro parecía taladrarla. Sintió que se le aceleraba el pulso y que su estómago se llenaba de mariposas.

Mikael sería un marido protector. Seguramente también generoso en extremo. ¿Cómo sería estar casada con él? No durante la luna de miel, sino después. ¿Qué clase de marido sería? ¿Qué esperaría de su esposa? ¿Qué reglas impondría en una relación? ¿Qué permitiría, y qué no?

–Algo te ronda por la cabeza –adivinó él.

–¡Me lees la mente con demasiada facilidad! ¿Siempre ha sido así con las mujeres?

–No, nunca –respondió, llenándole la copa–. Suelen acusarme de ser insensible y distraído.

–¿Estás siendo distinto conmigo?

–Eso parece.

–¿Porque soy tu esposa?

–Porque no puedo evitar prestarte toda mi atención. Tú lo exiges.

–Yo lo exijo... interesante.

–Ahora eres la reina. Ocupas un puesto importante.

–Ten cuidado, no se me vaya a subir a la cabeza –Jemma se rio–. ¿Disfrutas con el poder?

–Un jeque puede ser tan exigente como quiera –reflexionó–. Es el beneficio de la sangre azul. Pero el poder comporta la responsabilidad de proveer para tu propia familia y para tu pueblo, y protegerlos a todos. En eso falló mi padre, pero yo no puedo fallar.

–Tienes la predisposición adecuada para lograrlo. Te veo muy centrado en tus metas.

–Ahora lo estoy menos desde que tú has llegado. Ahora solo quiero pensar en ti.

–Es que es tu luna de miel.

–Nuestra luna de miel –la corrigió, y alargó la mano para acariciarle la mejilla.

Una oleada de calor la estremeció, dejando un temblor en sus pechos y entre las piernas. Sentía tan intensamente su presencia que quedaba sumida en una tensión agridulce. Agonizaba por dentro, en la unión entre sus muslos, negándose la necesidad e intentando no darse cuenta de cómo le ardía la piel, de cómo unos dardos de sensualidad bajaban de sus pechos a su vientre.

Se había metido en un buen lío.

—¿Sí, *laeela*? —preguntó él, recostándose en los almohadones—. ¿En qué estás pensando?

No tendría que haberse dejado arrastrar a su juego porque podía perder.

—Tu... vuestro gobierno —balbució. No podía admitir que estaba pensando en el sexo.

—¿El gobierno? —repitió—. ¿Te interesa la política?

«No. Me interesas tú. Haces que todo cuanto desconozco sobre ti me intrigue».

—¿Tu linaje es hereditario?

—Sí.

—¿Por ser el primogénito de la primera esposa?

—Exacto.

—¿Tienes hermanos?

—Sí, muchos.

Interesante.

—¿Y ocupan algún cargo en el gobierno?

—Hay tres que han heredado bastante poder tribal y una buena porción de riqueza, pero por ahora todos han preferido evitar el trabajo y la responsabilidad.

—¿Son hijos de la segunda esposa de tu padre?

—Tuvo tres varones en poco tiempo. Son guapos, populares y bastante tercos.

—¿Te caen bien?

—Los quiero —admitió sonriendo—. Y supongo que me gustarán todavía más cuando crezcan.

—Es fácil ser indulgente cuando lo tienes todo. Yo crecí en una familia adinerada, rodeada por hijos de familias igualmente ricas, y ese no es el mundo real. Aunque este año pasado ha sido muy duro, me alegro de estar viviendo en el mundo real. Ahora sé quiénes son mis verdaderos amigos, y sé lo que importa de verdad.

–Espero que algún día mis hermanos descubran lo que es cierto y real.

–Quizás necesiten de un incentivo para madurar. A lo mejor las cosas están siendo demasiado fáciles para ellos, siendo jóvenes, guapos y con dinero.

–No hay nada peor que un príncipe millonario y malcriado.

–¿Lo fuiste tú alguna vez? Un príncipe millonario y malcriado, quiero decir.

–Mi caso fue distinto. Siempre he sabido que acabaría reinando, y también que era el hijo de la primera mujer, la que fracasó, la estadounidense, por lo que siempre me he esforzado por hacer lo correcto, para evitar las críticas y el escrutinio.

Lo miró atentamente, aún fascinada por aquel hombre y cómo le hacía sentir y desear las cosas.

–¿En qué estás pensando ahora? –preguntó él con la voz más profunda que de costumbre.

–¿Cómo piensas seducirme? –le preguntó–. ¿Qué se supone que va a pasar esta noche?

–¿Tú qué crees?

Le daba mucha rabia cuando le contestaba una pregunta con otra.

–No tengo ni idea. Por eso pregunto.

–Pues yo sí me hago a la idea de cómo va a salir la velada –dijo, contemplándola con una especie de interés indolente que ella sabía que era de todo menos indolente. La estaba observando atentamente.

Él también era consciente de la energía que fluía entre ellos. Algo estaba ocurriendo.

–Eres imposible –respondió, casi sin aliento.

–Ayer fue el tacto –dijo él–. Te di un masaje.

–Sí. Increíble, por cierto.

–Hoy... ¿qué hemos hecho por ahora?

–Besarnos.

–Exacto. Hoy solo puedo besarte.

–Oh.

–Menos mal que hay muchas formas de hacerlo –se levantó y bajó los paneles exteriores del perímetro de la jaima–. Muchos sitios donde puedo besarte.

Jemma contuvo la respiración viéndole caminar por la jaima, cerrándola para la noche. Su personal ató los cordones de los paneles interiores, sumiéndolos en un mundo íntimo como un nido, y oscuro sin la luz de la luna.

Mikael acercó una linterna.

–Hay sitios distintos donde tú querrás que te bese –continuó, y acercó otra lámpara–. Quiero verte. Quiero verte cuando llegues al orgasmo.

Ella se incorporó. No debería gustarle que le hablase así, pero... le gustaba.

–¿Crees que estoy de broma?

No supo cómo contestar a eso, ni qué hacer, así que simplemente siguió mirándolo mientras se mordía la cara interior del labio, nerviosa, ansiosa, excitada. Aquella iba a ser su noche. Su juego. Su ejecución del poder.

–Llevo toda la tarde esperando esto –dijo, moviéndose en torno a ella, sus ojos como carbones encendidos–. Esperando verte desnuda. Poder saborear tu piel.

Sintió un pinchazo en el corazón. Mikael era un hombre impresionante, arrogante, terco. También tremendamente poderoso, físico, sexual.

Por alguna razón, respondía ante él, a su complejidad, a sus planos oscuros. Le intrigaba su sentido de la justicia y su naturaleza sensual.

Se colocó delante de ella, se agachó y la hizo levantar la cara para que lo mirase a los ojos.

–Te deseo –le dijo con voz profunda–. Pero más aún, deseo darte placer.

La besó en la boca apasionadamente, tan despacio y

con tal carga de erotismo que sus sentidos ardieron en llamas de inmediato.

La recostó sobre la alfombra y se tumbó sobre ella. Jemma sintió la presión de su erección a través de la ropa, y él buscó sus senos por encima del fino tejido del vestido, pellizcando y acariciando su pezón mientras ella suspiraba y le dejaba hacer primero en un pecho y luego en el otro.

Estaba muy caliente, mojada y deseando más, y apretó los muslos buscando satisfacción.

—Aún no —murmuró él sin separarse de su boca—. Relájate. Déjame disfrutar de la hermosura de tu cuerpo.

—Me excitas demasiado.

Mikael se movió, y el extremo de su pene presionó su pubis, con lo que ella deseó abrirse para él. Quería sentirlo dentro, no encima.

—Esto es una tortura —susurró.

—A mí me gusta esta tortura —respondió él, besándola en la barbilla, en el cuello, la clavícula y más abajo, sobre el tejido que cubría su vientre y más abajo aún, en la uve de sus muslos, calentándola con su respiración, humedeciendo la seda.

Jemma gimió cuando sintió que la mordía suavemente.

—Por favor —susurró—. Sé bueno.

—Estoy siendo muy bueno —advirtió, y haciéndose a un lado, levantó la falda.

El corazón le golpeaba contra las costillas cuando él le bajó las bragas de encaje. Luego le separó las piernas y se acomodó entre ellas para besar la cara interior de sus muslos, ascendiendo hasta su lugar más íntimo.

Su respiración se volvió entrecortada al sentir la caricia de su lengua, y se estremeció de puro placer.

Gimió cuando su lengua separó los labios protectores, refrescando un lugar que a ella le ardía, describiendo círculos enloquecedores sobre su clítoris. Al oírla gemir, le separó las piernas todavía más y con los pulgares retuvo abiertos los labios. Aquello era increíble.

La habían educado para que pensara libremente, para que fuera independiente, triunfadora, y sabía que no debería estar disfrutando de aquello, de ser manejada, dirigida, seducida. Pero a su cuerpo le gustaba, y estaba empezando a darse cuenta de que había otra faceta de sí misma, una faceta que la asustaba un poco.

Era sensual, oscura y descarada, además de ilícita.

Era casi como un sueño erótico: sexy, sensual, intenso, tan intenso que, cuando él succionó, no hubo marcha atrás. La tensión y la presión crecieron, y unas descargas eléctricas le sacudieron el cuerpo. No podía resistirlo, no podía resistirse a él. Con un grito alcanzó el clímax. Durante un instante no supo quién era, ni dónde estaba. Durante un momento, pasó a formar parte de la noche y del cielo estrellado. Se sentía infinita, abierta y libre.

Poco a poco fue volviendo en sí... y junto a él.

Abrió los ojos y lo miró. No podía saber cómo iba a ser su reacción. Sus ojos oscuros estaban velados, su expresión, atenta. Protectora. Tal vez un poco posesiva.

—Di algo —le susurró.

—Eres muy hermosa.

—Ni siquiera sé cómo... o por qué —se humedeció los labios—. Ni qué ha ocurrido.

—Yo sí —respondió, acercándose más a ella y apartándole un mechón de pelo de la cara—. Quería que te sintieras bien. ¿Lo he logrado?

—Sí.

—Entonces, yo también estoy bien.

Capítulo 12

UNA hora y media más tarde, de vuelta en la casa, Jemma estaba tumbada en el centro de la majestuosa cama de bronce de la Cámara Topacio, viendo cómo giraban las aspas del ventilador del techo, viendo moverse las cortinas de seda naranja. El aire fresco le sentaba bien a su piel.

Estaba muerta de miedo, aunque no tenía por qué. Todo iba a salir bien. No había ocurrido nada terrible, ningún acontecimiento que fuera a cambiarle la vida. La había besado. Acariciado. Llevado hasta el orgasmo. No era el fin del mundo, y no era la primera vez que disfrutaba con el sexo.

Sin embargo, todo le resultaba muy confuso. Sus sentimientos. Su deseo. Y esa especie de ataque de culpabilidad por haber disfrutado del clímax.

¿Por qué se sentía culpable?¿Porque había sido un acto sexual sin amor? ¿Por el exceso de erotismo? Ojalá lo comprendiera. Ojalá no estuviera sola en la cama, dándole vueltas.

Mikael había dicho que no tardaría en volver. Que tenía que hacer una llamada. Pero había pasado por lo menos una hora y seguía esperándole.

−¿Qué ocurre? −le oyó preguntar desde la puerta.

Ella se incorporó sorprendida, pero aliviada también.

−Ya has vuelto −respondió, cubriéndose con la sábana. Se había quitado el vestido y se había puesto el camisón de satén de color melocotón que le habían dejado sobre la cama.

—Sí. ¿Desilusionada?

—No. Me alegro.

—¿Seguro?

Ella asintió, pero le dolía la garganta, y tuvo que hacer un esfuerzo para tragar.

—Pues... te he echado de menos.

Encendió una de aquellas pequeñas lámparas doradas, y su suave luz iluminó las rayas anchas en dorado y naranja que decoraban las paredes. Mikael se había duchado y llevaba puesto un pantalón de pijama en seda negra y una bata negra sin cerrar. La piel del pecho le brillaba como si fuera dorada.

—He tardado más de lo que esperaba —se explicó, y extrajo algo del bolsillo de la bata—, pero a cambio te traigo unos regalos.

—Ya sabes lo que pienso de los regalos —replicó ella viéndole sentarse a su lado.

—Sí, pero también deberías saber a estas alturas lo mucho que disfruto yo haciéndolos —dijo, y le mostró un brazalete de oro ancho, con diamantes rosas, rubíes y topacios engastados. Se lo colocó en la muñeca y lo cerró.

Jemma lo contempló absorta. Pesaba mucho. Tenía que valer cientos de miles de dólares.

—¿Son auténticas las piedras?

—Sí.

—Es antiguo.

—Más de ciento cincuenta años.

El brazalete se movió, y aquellas exquisitas piedras preciosas captaron la luz y la reflejaron en prismas sobre la pared. Una cama como una joya. Una muñeca con una joya. Pero las piedras preciosas no la retendrían allí porque no podían retener el calor de un ser humano.

No lograrían que se sintiera necesitada, amada. Y eso era lo que anhelaba por encima de todo. Amor.

—Gracias —le dijo antes de volver a mover el brazo para que él no pudiera ver las lágrimas que tenía en los ojos.

Las cosas se estaban complicando. Había empezado a sentir algo, y, si no se andaba con cuidado, cometería un error. Un error terrible. Y ya se habían cometido suficientes errores.

—Es un placer —respondió él.

—¿Has vuelto solo para darme esto?

—No —se quitó la bata y la dejó sobre un sillón—. Se me ha olvidado una cosa.

—¿Ah, sí?

—Sí. Tú —apagó la linterna dorada antes de volver a la cama—. Déjame sitio. Y no te preocupes. Puedes estar tranquila, que no te va a pasar nada esta noche. Solo quiero dormir junto a mi preciosa mujer.

Y la atrajo hacia él para colocar un brazo sobre su cintura.

Durante unos segundos, a Jemma le costó trabajo respirar. Esperaba, preguntándose si le atacaría el pánico. Si se pondría nerviosa, o se sentiría incómoda. Si le disgustaría sentirse abrazada por él.

Nada de todo lo que se temía llegó a ocurrir.

Cuando se despertó, estaba sola.

«No me importa», se dijo. Al contrario, se alegraba. Necesitaba espacio. Le gustaba ser independiente. Pero también le había gustado sentir a Mikael a su lado. Había dormido profundamente por primera vez, y se había despertado descansada y con ganas de verlo.

Pero Mikael no apareció en toda la mañana. Lo que sí le esperaba era un bikini de color púrpura y una delicada túnica de seda violeta, junto con una nota que le decía que aquella noche dormiría en la Cámara Amatista.

Durante toda la mañana, echó de menos a Mikael. Desayunó, se bañó y comió sola. El día se le hizo muy largo y la espera la fue poniendo de mal humor. Volvió a bañarse después de comer para luego tenderse en una tumbona, con la cara oculta en el brazo, intentando calmarse. Se estaba poniendo demasiado nerviosa por nada. Mikael acudiría cuando pudiera. No tenía por qué sentirse tan desesperada y sola...

Hasta que, de pronto, apareció. Así, sin más.

Su sombra se proyectó sobre la tumbona, bloqueando el sol, y ella se volvió a mirarlo.

Llevaba su túnica. Seguramente habría tenido algún asunto de trabajo, pero no le preguntó. Jemma se puso la mano a modo de visera sobre los ojos para poder mirarlo, desde el pecho hasta el cuello, desde la firme mandíbula hasta los pómulos marcados, y llegando por fin a sus ojos. Mataría por unas pestañas así. Se ahorraría una fortuna en máscara de pestañas.

–Sonríes.

Su voz profunda quedó vibrando en el aire entre ellos, coloreando el ambiente.

El calor la atravesó de parte a parte bajo la piel. Era increíble qué poco le hacía falta para encenderla. Bastaba con una detenida mirada de sus ojos oscuros.Una palabra de sus labios. Una cierta inflexión de su voz. Con eso bastaba para que todo se le derritiera por dentro, para que creciera imperioso el deseo de él y de lo que le hacía, de lo que podía lograr que sintiera.

Respiró hondo intentando calmar el latido de su corazón, y exhaló también despacio.

–Tienes unas pestañas increíbles, tan largas y negras

–dijo. Qué rabia que la voz se le notara tan deslumbrada–. Debería robártelas. Tú no las necesitas. Yo soy la modelo, no tú.

Mikael sonrió de medio lado y se acomodó junto a ella.

–Ninguna reina de Saidia ha trabajado nunca.

–¿Estás diciendo que no voy a poder trabajar si soy tu reina?

–Eres mi reina, y aún no he tomado ninguna decisión respecto a tu carrera, aunque es cierto que resultaría muy extraño en mi país, y seguramente despertaría una gran controversia.

–Entonces, ya sabemos lo que va a pasar.

Él le rozó la punta de la nariz con un dedo.

–Pues no lo sabemos, listilla –contestó, poniendo una mano en su muslo–. ¿Echarías de menos trabajar como modelo?

–Echaría de menos trabajar.

–¿Pero no como modelo en particular?

Jemma se encogió de hombros mientras intentaba concentrarse, lo cual no era fácil con el calor de su mano traspasándole la piel.

–Siempre había disfrutado de mi trabajo, hasta hace poco, cuando todo el mundo me dio la espalda.

–¿Crees que podrías ser feliz haciendo otras cosas?

Había empezado a trazar círculos invisibles en su pierna.

–¿Como qué?

–Como comparecer en público. Hablar a las jóvenes y animarlas a no renunciar a su educación. Hacerme el amor. Ser la madre de mis hijos.

Con cada frase había ido dibujando otro círculo en el muslo, abrasando la piel que rozaban sus dedos a medida que se iba acercando a aquel pequeño bikini púrpura.

Sintió la tentación de cerrar las piernas y no dejarle seguir ascendiendo, pero le encantaban sus caricias, quería más, quería que le quitara el bikini, que le separara las piernas y se colocara otra vez entre ellas, que utilizara la lengua y las manos para recorrer la forma de sus pliegues y que alcanzara su clíto...

—Estás distraída —dijo él, y le apartó la melena húmeda para besarla en la boca.

—Un poco. ¿Dónde has estado?

—Tenía asuntos que resolver.

—¿Aquí? —preguntó, señalando a su alrededor—. ¿En pleno desierto?

—Hay tecnología —replicó él, y volvió a besarla. Otro de aquellos besos que le llegaban al alma y le desataban el pulso.

—¿Y cuándo podré usar tu tecnología?

—Cuando haya terminado nuestra luna de miel.

—¿Por tradición, o por decisión propia?

—Ambas cosas. Quiero tenerte para mí solo, y la tradición dicta que tengo ocho días precisamente para eso. Que puedo mantenerte escondida mientras intento ganarme tu corazón.

—¿Estás intentando ganarte mi corazón, o solo mi cuerpo?

La caricia había seguido por la cadera y ya llegaba a sus senos.

—Eso ya lo he conseguido.

—Estás demasiado seguro de ti mismo —respondió ella, pero se quedó sin respiración cuando deslizó la mano bajo la tela del bikini.

—Sí.

Volvió a besarla al tiempo que le acariciaba un pezón. Una llamarada de deseo insaciable le abrasó la piel, derritiéndola en aquel mismo instante, y se arqueó contra su mano, pidiéndole más.

—Estás haciéndolo otra vez —protestó junto a su boca—. Siembras el caos entre mis defensas.

—No necesitas defenderte de mí.

—Por supuesto que sí. Si pierdo el control, pierdo la apuesta.

—Si pierdes el control, sigues estando segura conmigo. Siempre lo estarás.

—No sé qué decirte. A mí esto me parece bastante peligroso.

—Bien. Así es el deseo. Y el deseo es importante —añadió, y con la yema de un dedo acarició su labio inferior primero, la barbilla y el cuello después, hasta la base de su cuello y la clavícula. Era una caricia mínima, pero lenta y deliberada, que fue despertando todos los poros de su piel—. El deseo hace que nos sintamos vivos.

—Es tan... sexual.

—¿Y no te parece bien?

Ella se estremeció, y habría apartado la cara de no ser porque la sujetó por la barbilla y la obligó a mirarle. Se le secó la boca y tuvo que humedecerse los labios. La sangre le rugía en los oídos.

—El sexo sin amor está vacío.

—¿Ah, sí? ¿Aun cuando se tiene esta química? —preguntó, acariciando la curva de su pecho sin tocar el pezón endurecido—. ¿Cómo puede ser vacío esto?

Su pensamiento se ralentizó, se volvió turbio, y sus sentidos tomaron el volante, atropellando a la razón. ¿Aquello estaba vacío? ¿Tenía algo de malo aquella conexión?

Sus dedos avanzaron para detenerse sobre la tela de su bikini. Ella suspiró.

—Disfrutamos el uno del otro —añadió, rozando con los nudillos aquel lugar tan sensible—. Nos tratamos con afecto y hay una fuerte conexión física. ¿Qué nos falta?

Amor. Quería algo más que sexo y placer. Quería

amor. Pero era tan difícil decir algo así estando acariciándola de aquel modo...

–Una relación no puede basarse solo en el sexo. Yo quiero algo más que placer.

–¿No crees que el placer pueda conducir a más?

Metió la mano por debajo del bikini. Estaba caliente y mojada, y sus caricias le hicieron cerrar las piernas para intentar ignorar lo que le estaba pasando dentro.

–¿No crees que el placer puede generar amor? –insistió él, succionando un pezón por encima del bikini.

–No... lo... creo –balbució Jemma entre agudas punzadas de sensualidad, el placer era tan intenso que casi se parecía al dolor.

Sin apartarse de su pecho, hundió los dedos en su vagina, moviéndolos al ritmo de la boca.

Un fuego abrasador comunicaba su vientre con su seno. Su musculatura interior intentaba aferrarle, tan caliente y húmeda ya que sabía que no duraría, que no podría contenerse. Tenía magia en las manos y sabía cómo seducirla. Podría hacerla su esclava con un beso y una caricia.

–Pero no estás segura –continuó, con los ojos brillantes–. El placer tiene lugar en la mente. Y el amor, también –se acercó a mirarla a los ojos–. ¿Por qué lo uno no puede conducir a lo otro?

Jemma lo besó con desesperación y hambre, ya que el deseo se había transformado en una necesidad que lo consumía todo. Vibraba de tensión. Era una fuerza que había crecido dentro de ella, palpitante, insistente.

–Te necesito –dijo casi atragantándose–. Necesito que me hagas el amor.

–Ya lo estoy haciendo.

–¡Así no! –se revolvió–. Quiero tenerte, tener tu cuerpo, tu piel, en la cama, encima de mí –iba a volverse loca si no lo lograba pronto–. Entremos. Ahora.

—¿Y qué vamos a hacer dentro?

—Todo.

—Estamos solo en el tercer día, *laeela*. Tendremos que extender el placer... hacerte esperar.

—¡Pero si ya te he esperado todo el día!

—El placer no puede apremiarse —Mikael sonrió.

—Yo creo que sí. Ya me tienes medio loca —declaró, e incorporándose lo besó en la boca apasionadamente, bebiéndose su respiración, recibiendo su lengua, succionándola. Estaba a punto de romperse, tan cerca que tenía miedo de que pudiera marcharse y dejarla así—. Te necesito —le susurró, frenética.

—Ya me tienes —contestó él, con las manos donde ella las necesitaba, con la boca en la suya.

Jemma se agarró a su pelo y se apretó contra él, moviendo las caderas contra su mano. Era lascivia desatada, pero sabía bien, su mano era pura delicia y en aquel momento se sentía tan viva, tan deseosa de vivir, todo era tan distinto a lo que había vivido aquel último año... pasar de la muerte a la vida. Sentirse hermosa, poderosa...

El orgasmo se precipitó y ella gimió deshaciéndose sobre él.

Debería sentirse horrible, pero no era así. Se sentía fuerte, llena de esperanza.

—¿Qué me has hecho? —musitó.

—Asegurarme de que estés satisfecha.

—Yo estoy satisfecha, pero ¿y tú?

—Yo estoy bien.

—Sí —sonrió—. Lo estás.

Lo sentía sólido, real y permanente.

—¿Podemos irnos ya a la habitación?

Volvió a besarla y le apartó el pelo de la cara.

—Ojalá. Tengo otra videoconferencia, y esta me va a llevar un buen rato. El personal te servirá la cena cuando se lo pidas. No me esperes.

–¡Otra vez no!

–Sé que es frustrante, pero es importante. Confía en mí –la miró a los ojos para añadir–: ¿Me crees?

Suspirando, asintió. No le imaginaba mintiéndole. Ni en aquel momento, ni nunca.

–No olvides que acudiré a ti esta noche, en la Cámara Amatista. Iré en cuanto pueda.

–No quiero ir sin ti.

–Estaré, *laeela*. Te lo prometo.

Cenó sola en la Cámara Amatista. La estancia tenía las paredes pintadas de un color ciruela intenso, decoradas después con un estarcido dorado. La cama era baja, de madera con cortinajes de seda, almohadones en tonos violetas y una colcha de seda.

Aquel no era su sitio, se dijo mientras terminaba la cena y dejaba los platos en la bandeja. Saidia no era su sitio, como tampoco lo era la vida de Mikael. Cuando estaba con él, la distraía de la realidad, haciéndole olvidar lo que era importante. Su trabajo. Su familia. Volver a Londres.

Era bueno no pasar con él aquella noche. Bueno disponer de tiempo para sí misma, para encontrarse, y sobre todo para recordar cómo había llegado allí, al Palacio Nupcial.

Había ido allí obligada. Se había casado obligada. Y la habían obligado a rendirse al jeque Karim. No podía olvidarlo.

Se durmió con la luz encendida, decidida a ser fuerte cuando él llegase. Esa vez, iba a resistirse. No se derretiría. No se dejaría llevar. Ya no. Nunca más. Cinco noches más, y sería libre.

Se despertó. Era ya por la mañana. Miró a su alrededor mientras se subía el tirante del camisón púrpura. Estaba sola. Bien.

Bien, insistió. Se había ido a la cama sola, pero se había pasado toda la noche soñando con Mikael, con que la besaba, con que le hacía el amor, tan real que se había despertado con la sensación de que había estado allí. Pero no. Había sido un sueño.

Se estiró en la cama. Cómo echaba de menos su casa. Día cuatro. Cuatro más, y podría volver.

La idea debería haberla alegrado, pero no fue así. Más bien todo lo contrario. Echaba de menos a Mikael, y no debería. Tendría que odiarle.

La puerta del baño crujió y ella se incorporó de golpe.

Mikael apareció en la puerta, tan solo con unos pantalones sueltos de algodón que le colgaban deliciosamente de las caderas. Se pasó una mano por el pelo, con lo que le resaltaron los músculos del pecho y del brazo.

—Estás despierta —la saludó, acercándose a ofrecerle la más devastadora de las sonrisas.

—¿De dónde sales tú?

—Del baño.

—¿Cómo?

—Pues andando.

—Ya, pero ¿cuándo? —insistió con una mueca.

—Hace un momento.

—¡Pero si no estabas aquí! Me quedé dormida esperándote.

—Te quedaste dormida, pero yo vine. He dormido contigo. Te prometí que estaría aquí, y aquí estoy —apartó la sábana y se colocó a su lado—. ¿No te acuerdas de nada?

—No... ¿Hemos hecho... algo?

—Pues lamentablemente, no —confesó, acercándose—. Solo abrazarte. Y pasarme la noche con una interminable erección.

Jemma se echó a reír, pero Mikael se le puso encima y la risa se le cortó. Seguía excitado.

—Ha vuelto.

—Es que no se ha ido —contestó, y la besó en el cuello.

Suspiró y arqueó la espalda. Mikael presionó con las caderas y ella hizo lo mismo, frotándose contra su pene grueso, largo y duro, deseándolo.

—Me deseas —le susurró él al oído.

Asintió ya cuando la besaba, y le rodeó con las piernas. Lo deseaba. Lo quería todo de él. Y no solo lo que le hacía, sino lo que despertaba en ella.

—Sí.

—¿Qué quieres que te haga? —murmuró, besándola en el mentón antes de volver a su boca.

—Todo —respondió ella, colgándose de su cuello.

Se besaron durante horas, se besaron hasta que los dos jadeaban y la humedad mojaba las sábanas. Jemma quería más, pero estaba disfrutando enormemente con aquello, con la necesidad tan intensa, el deseo, el placer de desear y ser deseada.

Su cuerpo gemía y palpitaba, y mientras Mikael seguía atizando el fuego, haciendo crecer las llamas, ella comenzó a pensar que bien podía haber dejado de ser solo lujuria.

Era más que sexo. Más que deseo. Algo más estaba cobrando vida, pero no sabía qué, y no estaba preparada para analizarlo.

—Tengo noticias para ti —murmuró él sin dejar su boca—. Tenemos que hablar.

—¿Qué pasa? —inquirió, inmóvil de pronto.

—Tu madre —contestó él, y se tumbó a su lado con una almohada bajo la cabeza—. Y no es que se haya puesto enferma, así que no me mires así.

—Así, ¿cómo? —preguntó Jemma, incorporándose y colocándose el camisón.

—Como si le hubiera ocurrido algo terrible. No es eso. Más bien, al contrario.

—¿Qué ha pasado?

–No es bueno para ella tener tanto estrés. Una mujer de su edad necesita tener su propia casa, y creo que sería bueno para ella recuperarla.

–Pues claro que lo sería. Mataríamos por ello, pero es un sueño.

–Hay una casa colonial de finales de siglo en Keofferam, en Old Greenwich, que creo que le gustaría. Tiene un hermoso porche que rodea toda la casa, un pequeño apartamento sobre el garaje, que es un edificio separado, para un ama de llaves o una enfermera, si alguna vez llegara a necesitarla. Lo han remozado hace poco, así que no tendría que hacerle nada.

–Pues sí que suena bien, pero en esa zona no se puede comprar una casa por menos de dos millones, y una como la que tú dices bien podría pasar de los tres...

–Casi cuatro, pero está impecable, tiene unos techos altísimos y unas elegantes estancias formales que le encantarían.

–Cualquiera diría que la conoces –comentó, apretando su almohada contra el pecho.

–La conocí en la boda de tu hermana, pero olvidas que tu madre y la mía tenían un origen muy similar. No es difícil imaginar la clase de casa en la que se sentiría cómoda, así que la he reservado. Me han asegurado que todo quedará legalmente resuelto al final del día. Le he pedido a mi agente de la propiedad inmobiliaria que la ponga al nombre de soltera de tu madre, que parece ser vuelve a ser su nombre legal. Nadie podrá quitársela.

–No entiendo.

–Creo que ya ha sufrido bastante, ¿no te parece?

–¡Pero si tú odias a los Copeland!

–Odio a tu padre, pero tu madre no debería pagar por sus delitos –dudó antes de añadir–: y tú tampoco. Así que he hecho lo que me ha parecido que era lo mejor. Es un regalo para ti...

–Es demasiado. No puedo aceptarlo.

–No tienes que aceptarlo. Está a nombre de tu madre, así que no tienes que hacer nada.

–No lo aceptará.

–Ya lo ha hecho.

–¿Qué?

–He estado en contacto con tu hermano, y me ha ayudado con algunos detalles de la compra.

–¡Él nunca haría tal cosa!

Mikael se incorporó y los músculos de su torso desnudo se remarcaron.

–¿No crees que un hijo quiera ver a su madre segura y protegida?

–Conozco a Branson, y sé que no te permitiría hacer tal cosa.

–Lo ha permitido al saber que lo hemos hecho juntos.

–¿Le has contado lo... nuestro?

–Le he dicho que estabas conmigo, y que pretendía hacerte mi reina.

–¿Y le ha parecido bien?

Mikael asintió y se colocó los brazos detrás de la cabeza.

–Más que bien. Estaba encantado por nosotros y se ha ofrecido a organizarnos una fiesta en Londres. Le he dicho que iremos pronto, seguramente antes de final de mes.

–Pareces muy seguro de ti mismo.

–Deberías alegrarte de que la haya ayudado, en lugar de enfadarte.

–No puedes ir por ahí haciendo esa clase de cosas.

–¿Por qué no? Soy tu marido. Es mi deber proveer a tu familia.

–Una familia a la que detestas.

–Las cosas han cambiado. Eres mi mujer y mi familia ahora, y pretendo honrarte a ti y a ellos...

–¿Y qué pasará cuando me vaya dentro de cuatro días? ¿Qué pasará cuando me marche? Porque me prometiste que me dejarías irme si no era feliz.

–¿Y no lo eres?

Fue a decir que no, pero no le salió la palabra. La verdad es que era más feliz de lo que lo había sido en meses, incluso en años.

–Esa no es la cuestión –fue lo que respondió, levantándose de la cama.

–¿Ah, no? ¿Entonces? Porque yo creía que tenía ocho días para demostrarte que puedo hacerte feliz, y eso es lo que estoy haciendo, ¿no?

–¡Esto! –gritó ella, alzando las manos señalando las paredes–. ¡Esto! –añadió, tirando del camisón de seda–. Esto –señaló la cama, donde él estaba tumbado cómodamente, la viva imagen de un rey–. Nada de todo esto es real. Nada de todo esto es mi vida. ¡Es solo un sueño que no va a durar!

–¿Eso quién lo dice? –preguntó él, dando los primeros signos de impaciencia.

–¡Yo lo digo!

–¿Y quién eres tú? ¿Una experta en realidades? ¿La misma que tenía un novio modelo y que entró en Saidia con un pasaporte robado?

–No era robado, sino de mi hermana, y en cuanto a Damien, sabes perfectamente que yo le quería y que él me hizo daño. Es una mezquindad que me lo eches en cara. Lo que pasa es que te sientes celoso porque no me dejo sepultar bajo una montaña de regalos caros y porque en el fondo sabes que nunca podrás comprar mi amor.

Atravesó el jardín y entró en la Cámara de la Inocencia, se puso una bata y salió del Palacio Nupcial para ir a sus habitaciones, adonde la habían conducido nada más llegar.

Ya estaba harta de aquel juego de la luna de miel. Harta de que la mantuvieran encerrada como a las novias que raptaban. Quería salir. Quería irse a casa.

—¿Dónde te crees que vas? —estalló la voz de Mikael a su espalda—. No hemos terminado, *laeela*.

—Yo sí.

—No funciona así.

—¡Para ti puede que no!

—Y para ti tampoco —replicó él, y en un solo movimiento, se la cargó sobre un hombro—. Me debes ocho días y ocho noches, y solo llevamos la mitad. Me debes cuatro, y cuatro voy a tener.

—¡No quiero seguir con esto!

—Pues lo siento, pero esto no es un juego. No puedes largarte cuando estés cansada, o te sientas herida. Esto es real. Tú y yo somos reales.

De una patada abrió una puerta y la volvió a cerrar con el pie. Estaban a oscuras, pero él sabía perfectamente adónde se dirigía. Unos pasos, y la soltó sin ceremonias sobre la cama.

Jemma se sentó rápidamente.

—¡Vete!

—No.

—Quiero estar sola.

—No.

Le desató el cinturón de la bata, se la bajó de los hombros e iba a subir el camisón cuando ella le dio un golpe en la mano:

—¡No me toques!

—Eso, tampoco.

Capítulo 13

MIKAEL encendió una pequeña lámpara de cristal que había sobre la mesilla, con lo que la alcoba quedó sumida en una suave luz roja. La cama en la que Jemma estaba sentada tenía un cobertor de seda rojo, y un espléndido espejo colgado en el techo reflejaba las paredes tapizadas en seda roja y las sábanas de satén.

Sin disimular su irritación, Mikael tiró del camisón y se lo sacó hacia arriba. Luego lo lanzó a un rincón, junto con sus pantalones de pijama.

—Ya no los necesitamos —dijo—, ahora que estamos en la Cámara Carmesí.

—Has perdido la cabeza... —murmuró ella, retrocediendo.

—Puede ser. O a lo mejor lo que he perdido es la paciencia —le espetó él, tirándole de una pierna.

Con el tirón, Jemma quedó tumbada en la cama, con la melena negra desparramada sobre el satén rojo y sus ojos verdes lanzando destellos de furia. Nunca había estado más hermosa. Iba a hacerla suya ya. Se habían acabado los juegos. Era suya. La había elegido. Se había casado con ella. Ahora, era su reina.

Se tumbó sobre ella y acomodó su peso entre sus piernas con su miembro presionándola. Estaba ardiendo, húmeda, y se movió contra ella. Sería tan fácil penetrarla... tan fácil demostrarle cuánto le deseaba. Sabía que podía hacerla gemir, gritar, llegar al final. Podía alargar su orgasmo y hacerlo durar horas, pero ese no era el objetivo. No era su pericia como amante lo que estaba cuestionado, sino su futuro como marido. Su padre habría fracasado en ese cometido, pero él no iba a fallar.

Bajó la cabeza y la besó en la base del cuello, en el lóbulo de la oreja, mordisqueándolo. Sintió que sus pezones se endurecían contra su pecho. Soltó sus muñecas y le acarició los brazos y los costados hasta llegar a sus senos, que acarició brevemente antes de volver a entrelazar sus manos y apoderarse de su boca. Notó que abría las piernas para él, que arqueaba la espalda y empujaba hacia arriba con la cadera.

—No estás enfadada porque haya ayudado a tu madre —dijo, mirándola a la cara. La palidez había desaparecido—. Estás enfadada porque tienes miedo. Tienes miedo de que estos regalos, y en particular el de tu madre, te atrapen aquí, en Saidia, conmigo.

Jemma abrió los ojos de par en par. Tenía razón. Eso era lo que se temía.

—*Laeela*, te he hecho una promesa. Vas a entregarme ocho días con sus noches, y yo no te retendré contra tu voluntad...

—No es de ti de quien tengo miedo —le interrumpió—, sino de mí misma. Sé que me dejarás marchar, que me meterás en un avión si yo te lo pido. Pero lo que me da miedo es que pueda no llegar a pedírtelo, y entonces todo lo que soy, lo que me hace única, todo por lo que he trabajado tanto todos estos años, desaparecerá.

—Pero, si te quedas aquí, ganas una nueva identidad y una nueva vida.

—Como tu esposa, pero sin ti, no seré nada, y hace años que me prometí a mí misma que jamás dependería de un hombre, y menos de uno tan poderoso como tú. Aquí estaré en tus manos.

—¿Tan malo es eso, si el hombre es poderoso y justo?

Sus ojos se volvieron líquidos y tragó saliva.

—Ya me duele el corazón.

—Creo que hacemos un buen equipo, *laeela*.

—A lo mejor deberías limitarte a hacerme el amor —sugirió ella.

—Buena idea —Mikael sonrió, y la besó en los labios—. Dime qué quieres, mi hermosa mujer. ¿Cómo puedo complacerte hoy?

—Lo único que quiero hoy es a ti.

Vio unas llamaradas aparecer en sus ojos y sintió que se excitaba aún más. Ella levantó las caderas y saboreó la sensación. No recordaba haber deseado nunca así.

—Hazme el amor, Mikael —añadió, abrazándose a él—. Te necesito.

La besó en la boca y al mismo tiempo entró en su cuerpo, llenándola, colmándola.

Mikael se sentía extasiado. Jemma se sentía extasiada.

Despacio, Mikael comenzó a moverse, entrando hasta el fondo de su vientre, retirándose después para volver a entrar.

Ella suspiró y se acomodó a su peso.

—Más —le rogó, alzando las caderas.

—No quiero hacerte daño.

—No me lo haces. Me siento maravillosamente.

Era pura delicia. Todo en ella se sentía cálido, dulce, brillante. Como el sol y la miel, como las naranjas y las especias.

—No pares —le susurró, respondiendo a cada movimiento, necesitando esa fricción, sintiendo crecer la tensión.

El ritmo se aceleró y el movimiento rápido e intenso, el sudor de sus cuerpos, el calor de su pecho sobre el suyo... percibía su olor, el de los dos juntos, y olía bien, se sentía bien, mejor que nunca. No tenía sentido, pero nada de todo aquello lo tenía. Quizás la pasión fuera así.

Jemma jadeaba, se movía bajo su peso, queriendo llegar, insegura, e introdujo la mano entre ambos para acariciarse mientras él seguía empujando dentro de su cuerpo.

No estaba preparada para la intensidad del orgasmo, y gritó su nombre mientras él seguía acariciándola, empujándola hasta el borde del precipicio.

Mientras él, tenso, con el magnífico cuerpo arqueado, se hundió completamente en ella y con un grito hondo se retiró, asegurándose de que su semen caía en las sábanas y no en ella.

Jemma quedó boca arriba, con los ojos cerrados, intentando recuperar el aliento. Él hizo lo mismo, dejando una mano sobre su cadera. Estaba flotando, maravillosamente relajada, y al mismo tiempo tremendamente consciente de la presencia de Mikael a su lado, más real en aquel instante que ella misma.

En cuatro días era todo su mundo, exactamente lo que se había temido.

Abrió los ojos y se encontró con que él la miraba, con sus ojos oscuros tan hermosos pero tan imposibles de descifrar.

–¿Cómo te sientes? –preguntó Mikael.

Sonriendo se volvió a él y apoyó la cara en su pecho.

–Bien –dijo con suavidad–. Muy bien.

Durmieron alrededor de una hora. Jemma fue la primera en despertar, pero no pudo moverse porque Mikael la abrazaba y tenía una pierna sobre las suyas.

Levantó la cabeza y lo miró. Seguía dormido, y sus preciosas pestañas negras le hacían una sombra oscura sobre la piel dorada de los pómulos. Dormido era distinto. Dormido, parecía más joven, casi un muchacho. Solo un hombre, no un jeque. Volvió a acurrucarse sobre su pecho. Le gustaba sentir el peso de su brazo y la textura de su piel. Era perfecto.

¿Se sentirían así otras mujeres después de hacer el amor? No es que fuera su primera vez, pero la sensación era completamente distinta. Como si hubiera ocurrido algo importante. Algo significativo.

Aun habiendo pasado ya un buen rato, sentía una extraña emoción, como si algo en su interior no se hubiera dormido y se mantuviera bien alerta.¿Sería amor? No podía serlo. Más bien, los efectos secundarios de la seducción, de su técnica experta a la hora de hacer el amor.

Un momento después, él se dio la vuelta y la colocó a ella sobre su cuerpo. Volvía a estar excitado.

–¿Estás demasiado cansada para que me dejes volver a amarte? –preguntó, con una voz tan profunda y velada como sus ojos.

–No.

La levantó y con las manos en las caderas, la ayudó a bajar sobre él, lento y hondo, luego más rápido a medida que el placer lo exigió. Cuando los dos quedaron satisfechos, Jemma se dejó caer sobre su pecho y Mikael la abrazó. Qué maravilla tenerlo así. Le hacía sentirse segura. Feliz.

Estaba feliz. Emocionalmente, hacía tanto tiempo que no se encontraba así. Ni físicamente tampoco. Se había sentido apoyada, transportada a otra realidad. Y no había sido solo sexo, sino mucho más. Precisamente por ser tan intenso, tan físico, lo había exigido todo de ella, y lo había entregado, ofreciéndoselo todo: su cuerpo, su mente, sus emociones... su corazón.

¿Por qué su corazón? No tenía sentido. Siempre había protegido su corazón porque sabía que era imprescindible para sobrevivir, y, sin embargo, había bastado una mañana con él para que bajara las defensas, perdiera la cautela y se transformara en otra persona.

¿Cómo era posible que el sexo pudiera lograr tal cosa? ¿Cómo podían ser tan intensas las sensaciones?

—¿De verdad le has comprado una casa a mi madre? —le preguntó en voz baja.

—Miraré a ver si ya se ha hecho el depósito. Supongo que sí.

—¿Y en ese caso, será suya?

—Solo suya.

—¿Aunque yo me vaya de aquí dentro de cuatro días? —preguntó tras una breve pausa.

—Nadie podrá quitársela.

Jemma se sentía profundamente conmovida, pero preocupada también.

—No sé qué decir. Sé que debería darte las gracias, pero...

—No tienes por qué. No la he comprado para ti. Lo he hecho por ella.

—Pero si ni siquiera la conoces.

—La conocí en la boda de Morgan y fue muy amable conmigo. Me recordaba a mi madre.

Mikael fue a ver cómo iba la operación de compra de la casa y Jemma se duchó y se vistió con una falda larga salpicada de perlas y un top de color rubí. El desayuno se sirvió en el patio. Acababa de sentarse a tomar el primer café cuando Mikael volvió.

—La señal está aceptada y el documento inicial, firmado. La casa es suya —anunció, acomodándose frente a ella.

—Gracias. Por preocuparte por ella y por querer lo mejor para mi madre.

—Hago por ella lo que habría hecho por la mía —frunció el ceño—. No me porté bien con mi madre, y llevaré ese dolor y esa vergüenza para siempre conmigo.

—¿Qué hiciste para que digas eso? —le preguntó, poniendo su mano sobre la suya.

—Nada. Exactamente eso: nada.

—No entiendo.

—Cuando te lo cuente, no te lo vas a creer. Fui tremendamente egoísta, algo que sigue doliéndome aún, pero ya es demasiado tarde para arreglarlo. Demasiado tarde.

—Cuéntamelo.

—Tenía veintidós años cuando supe la verdad sobre mis padres, que mi padre le había mentido y que había ignorado su acuerdo para poder tomar una segunda esposa. Me puse furioso con él, pero había perdido a mi madre años antes, cuando era un crío de apenas once años, y tuve pánico de perderle también a él. Tenía muchos hijos más a los que admirar y querer, así que fingí no saber la verdad sobre la razón de su divorcio. Fingí no saber quién era él en realidad, un mentiroso, un marido infiel, y seguí actuando como si fuera un hombre maravilloso.

—Eras su hijo —le disculpó—. Le estabas mostrando respeto, eso es todo.

—Mi padre le había dado la espalda a mi madre, y comprendí que esperaba que yo hiciera lo mismo, y es lo que hice, aun cuando ella acudió a mí en mi veinticinco cumpleaños para pedirme ayuda. Estaba nerviosa. Quería ayuda económica y consejo, porque le preocupaba no estar manejando adecuadamente su dinero. Que en caso de equivocarse de inversiones, pudiera terminar sin un céntimo.

—¿La ayudaste?

—No.

—¿No?

—La llevé a tomar un café y le dije que no podía ayudarla, que ella era la responsable de aquella situación por haber abandonado a mi padre. Que yo no podía hacer nada —bajó la mirada y la cabeza—. No lloró. No me rogó. Simplemente guardó los papeles, me dio un beso y se marchó.

Jemma sintió deseos de llorar.

—Eras muy joven.

—No, pero estaba enfadado —la miró—. Quería castigarla por haberme dejado tanto tiempo atrás, por abandonarme con un padre que apenas se acordaba de mí por tener tantas esposas, tantos hijos, todos reclamando su atención, así que la rechacé, y quise hacerle el daño que me había hecho ella a mí.

Hubo un silencio.

—No la ayudé con sus inversiones, aunque tengo una licenciatura en economía y trabajé en Londres como inversor hasta que tuve casi treinta años —cambió de postura—. Sabía cómo manejar el dinero, cómo hacer que generara más. Podría haberla protegido, ayudado, pero no lo hice, así que acudió a tu padre, confió en él, y todos sabemos lo que ocurrió después.

—Pero no habló con mi padre hasta la boda de Morgan, ¿no?

—Sí, pero acudió a él porque había tenido una mala experiencia con un par de inversiones, y tu padre le juró que podía hacer maravillas con el dinero que le quedase, así que se lo entregó todo. Todo. Y él se lo robó.

Jemma hizo una mueca. La traición de su padre le dolió como un golpe en el estómago.

—Pero eso es culpa de mi padre, no tuya.

—Mi madre debería haber muerto de vieja, viviendo cómodamente en su casa. Pero la perdió, junto con todo lo que le quedaba. Aterrorizada y rota, se quitó la vida. Se colgó en el vestíbulo de su casa el día que iban a desahuciarla.

Jemma lo miró boquiabierta.

—¿Se suicidó?

Él asintió, apretando los dientes.

–Tenía solo cincuenta y cuatro años –dijo cuando por fin pudo volver a hablar–. Había vuelto a perder su hogar, sabía que no podía acudir a mi padre, y tenía miedo de pedirme ayuda a mí. Estábamos intentando reconstruir nuestra relación y temió que fuera a sentirme desilusionado con ella. El miedo ganó la partida, e hizo lo que creyó que era lo mejor.

–Cuánto lo siento.

–Dejó una nota. Me decía que lo sentía, que la perdonase por ser tan estúpida y débil.

Volvió de pronto la cabeza, pero no antes de que Jemma viera su sufrimiento. Transcurrieron unos segundos de un silencio interminable, sofocante de dolor.

–Todos cometemos errores –dijo ella por fin.

–Su muerte es culpa mía. En un principio culpé a mi padre, y al tuyo, pero soy yo el responsable. Fui yo quien la empujó con mi rechazo. Le di la espalda. Le robé la esperanza...

–¿La habrías ayudado si hubiera acudido a ti para contarte lo de su casa? –le interrumpió, acercándose a él, agachada a su lado–. Si te hubiera confesado lo que le había ocurrido, que no tenía dónde ir, ni modo alguno de pagar las facturas, ¿te habrías ocupado de ella?

–Sí.

–¿Estás seguro, o es lo que dices ahora?

La miró frunciendo el ceño.

–¿Crees que no lo haría?

–Yo estoy convencida de que lo harías. ¿Y tú? –le preguntó, apretando sus manos–. Esa es la pregunta principal, porque hasta que tú creas que la habrías ayudado, no podrás perdonar... ni a ti mismo, ni a ella, ni a tu padre.

Capítulo 14

MIKAEL había terminado de hablar. En realidad, había hablado más de la cuenta, más de lo que pretendía, pero se alegraba de haberle contado a Jemma la verdad. Se alegraba de que supiera quién era y lo que era. Mejor que se hubiera enterado el cuarto día, y no el octavo.

Se levantó y tiró de ella.

—No puedo pensar más, ni hablar más. Necesito diversión. ¿Y tú?

—¿Qué te ronda por la cabeza?

—Ahora lo vas a ver.

Entraron de nuevo en la Cámara Carmesí. Habían cambiado las sábanas, la cama estaba recién hecha y sobre ella, un montón de cojines en la gama del rubí. Una luz brillante emanaba del techo e iluminaba una pantalla colocada en la pared de enfrente.

—¿Es lo que creo que es? —le preguntó ella.

—¿Te gusta el cine?

—Sí.

—A mí también. He pensado que te apetecería descansar un poco de piscina y sol, y disfrutar de una buena película.

—Me encantaría. Pero solo si te quedas conmigo.

Aquella tarde le encantó. Las paredes rojo oscuro de la habitación semejaban a las de una elegante y exótica sala de cine.

Mikael tuvo que marcharse al final de la segunda película para hablar con su personal, pero la besó antes de irse y le prometió que se verían en el patio para la cena.

—Esta noche nos iremos a la Cámara Turquesa. Te va a gustar.

—Todas las noches me han gustado —contestó Jemma con sinceridad, sonriendo.

Llegó al patio antes que él, vestida con una liviana túnica turquesa. Era un caftán largo, que dibujaba sus piernas al caminar. Se alegraba de poder disfrutar de un tiempo para sí, para disfrutar de la excitación que iba creciendo, de la espera entre fragantes rosas y lilas.

Había disfrutado aquella tarde con Mikael, aunque le había costado trabajo concentrarse en las películas, teniéndole a él al lado, estando en sus brazos. Incluso la había besado en varias ocasiones, pero nada más, mientras que ella había querido que la tocara, que le hiciera el amor. Estaba empezando a ser adicta al placer. ¿Al placer, o a él? No lo podría decir.

Sintió un estremecimiento correrle por la espalda y supo que ya no estaba sola. Supo que Mikael había llegado incluso antes de darse la vuelta y verlo.

Sin prisas se acercó a él. Estaba de pie, al otro lado del estanque, observándola.

—Ese color te queda muy bien.

De pronto el patio vibró de energía, la misma que le corría por las venas y que empujaba el latido de su corazón.

Mikael iba vestido con pantalones negros y camisa de lino blanco. Estaba guapo, viril, tranquilo. Su marido. Su rey. La idea le hizo sonreír.

Un sirviente apareció con cócteles en una bandeja y juntos fueron recorriendo el patio, mientras Mikael le contaba cosas de las plantas más importantes que poblaban aquel jardín, ya fuera por su antigüedad o por su relación con la casba.

Hicieron el amor en la Cámara Turquesa y se durmieron abrazados y sudorosos.

Jemma fue la primera en despertarse. Era temprano. «Día cinco», pensó. Solo le quedaban tres días.

Contó las noches mentalmente, recordando sus colores. ¿Dónde irían aquella noche? ¿A la Esmeralda? ¿A la Zafiro?

¿Acaso importaba?

Tendría que marcharse. Tenía que volver a Londres, ¿no?

Aturdida, salió del dormitorio al patio. El sol estaba asomando apenas, ofreciendo a la mañana una paleta de suaves rosas y amarillos, y la temperatura era fresca. Jemma no quiso comer nada, pero se sirvió un café, con el que se fue a sentar junto a la piscina, oyendo el canto de los pájaros que anidaban en lo alto de las palmeras.

Mikael apareció media hora más tarde. Se había duchado y vestido con túnica.

–Tengo que ir a Ketama –dijo, acercándose a besarla en lo alto de la cabeza–. Volveré esta noche. No me iría si no fuera estrictamente necesario.

–¿No tardas todo el día en ir hasta allí?

–Tengo un helicóptero. Si salimos ya, estaré de vuelta esta noche.

–¿Y tienes que ir?

–Sí –sentenció él.

–Ten cuidado.

La besó entonces en los labios.

–Siempre.

Iba a ser un día muy largo sin Mikael, pero su doncella la llevó a la Cámara Esmeralda, donde había toda una pared llena de libros, entre los que encontró muchos en inglés y de sus autores favoritos. Eligió *Mansfield Park*, de Jane Austen, y se acurrucó con él en la cama para leer. Leyó todo el día, y, cuando llegó la noche, la doncella volvió a entrar para ayudarla a vestirse.

—¿Ha vuelto Su Alteza? —preguntó, dejando el libro a regañadientes.

—No.

—Entonces, ¿por qué tengo que vestirme? ¿No puedo cenar aquí en la cama?

El postre se terminó al mismo tiempo que la novela, y comenzó con *Sentido y sensibilidad*, pero acabó quedándose dormida con él en las manos.

Y seguía dormida cuando Mikael llegó, más allá de medianoche. Se acercó a la cama con cuidado de no despertarla, la miró brevemente, le quitó el libro de las manos y la arropó antes de apagar la lámpara de la mesilla.

Se duchó y se unió a ella en la cama. Desnudo. Ella también lo estaba.

Jemma se despertó mucho después, y extendió un brazo hacia el otro lado de la cama. Mikael estaba allí. Le abrió los brazos y ella se acercó, colocó la cara en su pecho y respiró su olor. Había vuelto, y su presencia era reconfortante, su olor sedante, y alzó la cara hacia él para ofrecerle su boca. Mikael la besó, y sin separarse de sus labios, la tumbó boca arriba y se hundió en ella. Y Jemma, mientras se aferraba a él con las piernas, deseando sentirle lo más cerca posible, fue consciente de que las cosas estaban cambiando. Ella estaba cambiando.

Ella... lo quería.

Se había enamorado de él.

De pronto, todo tuvo sentido. Era feliz porque estaba enamorada.

Volvieron a dormirse, y se despertaron ya de mañana para volver a hacer el amor. Aquella vez ya no volvió a dormirse, sino que fue al baño a ducharse.

Mikael la vio caminar por la habitación, desnuda, su glorioso cuerpo ya tan familiar para él. Quizás fuera esa la razón por la que sentía aquel peso, aquella tensión en el pecho al verla desaparecer en el baño. A lo mejor por eso había sentido distinto el sexo la noche anterior y aquella mañana. Porque le era familiar. Importante para él. Y ella también estaba distinta. No solo había estado en sus brazos, sino con él, en él, dentro de él. Había sentido no solo su cuerpo, sino su corazón.

Aquellas emociones habían hecho el sexo mucho más intenso.

La había sentido llena de vida bajo su cuerpo, tan fiera y tan frágil, tan hermosa que no podía saciarse de ella a pesar de haberlo intentado, porque Dios sabía bien que lo había intentado.

Movimientos lentos, profundos, sujetándola con las manos para poder disfrutarla toda, tenerla toda. Y no había sido bastante.

Antes, cuando la complacía, quería volverla loca, esclavizarla a través de la pasión, doblegarla, poseerla. Si iba a ser suya, que estuviera satisfecha. Pero lo de aquella noche había sido distinto.

Habían tenido más calor que nunca, un calor que no tenía nada que ver con las zonas erógenas, ni con el orgasmo. Era un calor que emanaba de ella, de desearla, de tenerla en los brazos.

De algún modo, el juego de la seducción había cambiado, transformándose en algo más, más real, más sincero, más vivo. Las apuestas habían subido más que nunca. ¿Sería capaz de hacerla feliz? ¿Podría retenerla allí, en

Saidia? Y, si podía, ¿sería justo para ella, o para su familia?

Apartó la ropa de cama y fue al baño.

El vapor de la ducha llenaba el baño y pudo verla a través de los cristales, con el cabello negro recogido en lo alto de la cabeza, extendiéndose el gel. Se excitó una vez más.

Debería estar saciado. ¿Cuántas veces se podía necesitar a una mujer? Pero al verla agachar la cabeza, al contemplar su cuerpo delgado y elástico, los pequeños ríos de agua que escurrían de sus pechos por su vientre, su erección se hizo más potente. Volvía a necesitarla. Debía volver a tenerla.

Abrió la puerta y el vapor lo envolvió. Jemma se volvió a mirarle, sorprendida, con los labios entreabiertos. Un hambre desmedida se apoderó de él. La empujó contra la pared de mármol blanco, apretándola contra su pecho, sintiéndola resbalar con el jabón, enardeciendo sus pezones con el roce de su cuerpo. Tuvo que respirar hondo. Algo se le había agarrado al pecho por dentro. Era nueva aquella necesidad, y no la entendía. No entendía aquel deseo. Era mayor que antes, más intenso, salvaje, capaz de derribarlo.

El sexo no lo confundía, ni las mujeres, pero se sentía confundido por ella, por sus ojos verdes, sus labios suaves, y la dulzura que le atravesaba el corazón haciéndole desear complacerla, protegerla, evitarle el dolor, apartarla del sufrimiento.

Hermosa Jemma.

Hermosa mujer.

Hermoso corazón.

Le ardía el pecho y se apretó más contra ella. Él era el amo. El control era suyo. Tenía que demostrar que aquello era solo sexo.

La hizo darse la vuelta y la pegó a la pared y, deslizando la mano entre sus piernas, buscó su clítoris mientras empujaba desde detrás, acariciándola. Quería hundirse en ella, quería sentirla completamente, ardiendo y tensa, pero no quería hacerle daño. No quería obligarla. Le había dado mucho antes, y no estaría bien...

—Estoy esperando —la oyó decir—. Deja de jugar. Sabes que te deseo.

El sexo fue increíble, y Jemma salió de la ducha satisfecha, pero Mikael no. No había estado bien, pero ¿acaso lo había estado llevarla a la casba? Había secuestrado a una mujer extranjera, obligándola después a que se casara con él. Se secó despacio con la toalla porque empezaba a sentirse culpable. Una vocecita interior le decía que estaba obrando mal.

No le gustó nada, porque aquella voz representaba el pasado y la debilidad, cuando los Karim debían ser fuertes, estar por encima de la ley.

Mikael se pasó varias horas en su despacho atendiendo llamadas y reuniones hasta que por fin pudo ponerse ropa cómoda e ir al encuentro de Jemma para cenar en el jardín. Cenadores y estanques habían sido iluminados con pequeñas lámparas en color zafiro y rosa. Jemma llevaba un largo caftán azul oscuro con bordados en plata y oro.

Se habían sentado el uno frente al otro, y como no podía tocarla, se dedicó a contemplarla. Sus ojos verdes brillaban al reír, y reía con facilidad.

Era buena persona, y se merecía que le ocurrieran cosas buenas, vivir rodeada de personas buenas. Él no lo era.

Poderoso, sí. Rico, extraordinariamente. Pero bueno...

Durante el postre y el café, recordó que tenía un regalo para ella, y sacó una cajita de terciopelo del bolsillo de su túnica.

—Para ti —dijo, entregándosela.

—Tienes que dejar de hacer esto.

–Ni lo sueñes.

–Vale –Jemma sonrió–. Lo he intentado. Un regalo de vez en cuando, está muy bien –abrió la caja y sacó unos maravillosos pendientes de zafiros–. ¡Oh! –exclamó–. ¡Esposo mío, qué maravilla!

Mikael sonrió, pero por dentro se quedó paralizado. «Esposo mío», había dicho. No con sarcasmo, ni con ira, sino con dulzura.

–Ten cuidado –le dijo–. Ten cuidado con los lobos con piel de cordero.

–Yo no conozco corderos. Solo lobos y halcones. Y escorpiones y serpientes del desierto.

Se quedó mirándola a los ojos un momento más, sintiendo el impacto de su belleza y su dulzura.

–Yo podría ser uno de esos escorpiones venenosos.

–Podría ser –respondió ella, y le puso la mano en la mejilla–, pero no lo creo. He visto quién eres, un hombre decidido a devolverle el honor a su país y a preservar la tradición. Tienes un gran instinto de protección hacia las mujeres. Fíjate cómo me has tratado a mí y cómo te has ocupado de mi madre.

–Porque no supe hacerlo con la mía.

–Lo estás arreglando.

–Pero para ella es demasiado tarde –se levantó de la mesa y le ofreció la mano–. Ven conmigo.

La condujo a la inmensa cama de la Cámara Zafiro y le hizo el amor despacio, durante horas.

Saciada, Jemma se quedó abrazada a él. Se sentía segura en sus brazos. Estar con él era bueno. La humillación y la vergüenza del año anterior no podían herirla estando en sus brazos. El rechazo de Damien ya no importaba. No era más que un hombre sin valor. Sonrió. Se sentía segura, contenta, amada.

Mikael había conseguido que volviera a sentirse completa y fuerte.

Saidia no era su hogar, pero Mikael podía serlo, y aunque no le había dicho palabras de amor, le había dado otra cosa: su compromiso. Su palabra. Confiaba en su palabra.

A la mañana siguiente, se despertó despacio, dejándose llevar por la pereza, completamente descansada. Con los ojos cerrados, siguió respirando lentamente, casi como si flotara. Todo dentro de ella era liviano y sutil. Sencillo.

El mundo era un lugar bueno. Abrió despacio los ojos y sonrió. Mikael estaba a su lado.

—Buenos días, *laeela* —dijo él con los ojos aún cerrados.

—Estás despierto.

—No. Sigo dormido —replicó, con esa voz grave que a ella le parecía tan sexy.

—¿Y cómo has sabido que estaba despierta?

—Porque he notado que me observabas.

—Entonces, estás despierto.

Él suspiró y abrió sus ojos oscuros.

—Ahora, sí.

—Hola —Jemma sonrió.

—Hola —volvió a suspirar, y Jemma se rio. Estaba fingiendo que le molestaba.

—¿Qué tal has dormido?

—Bien, ¿y tú?

—Muy bien.

—Es por el aire fresco del desierto.

—No. Es por ti. Por estar en tus brazos.

—Mi objetivo es complacerte.

—Ya lo creo —respondió ella, estudiando su rostro, todo líneas fuertes, excepto la curva de sus labios. Era una gozada mirarlo—. Y yo agradezco tu dedicación.

Un hoyuelo se le marcó en la mejilla.

—Eres una desvergonzada.

—La culpa es suya, Alteza. Vos me habéis hecho así.

Mikael le apartó varios mechones de pelo, acariciándole después la frente con el pulgar.

—¿Yo? ¿Cómo?

Jemma respiró hondo. Era difícil pensar cuando la tocaba.

—¿Cómo voy a avergonzarme cuando todo lo que hacemos juntos me hace sentir maravillosamente bien y poderosa?

—¿El sexo hace que te sientas poderosa?

Jemma frunció el ceño. Dicho así, no sonaba bien.

—Estoy segura de que un buen sexo tiene ese efecto en muchas personas, pero no me refería al sexo en general, sino contigo.

Volvió a fruncir el ceño, porque así no sonaba mejor. Lo que hacía con él no era practicar sexo, sino hacer el amor. Amarle.

Sin duda, estaba enamorada de él. Ojalá pudiera decírselo. Ojalá supiera cómo explicarle que el placer que experimentaba con él no era únicamente sexual, físico, sino un placer que alcanzaba su corazón y su alma. Lo miró a los ojos y recordó el primer día en las dunas del desierto, derritiéndose ella bajo el abrigo de piel y con las botas de tacón. Había visto aquella misma expresión en él, tan intensa, y había sentido miedo. En ese momento el miedo estaba presente de nuevo, pero por otra razón: no podía imaginarse siendo feliz sin él.

—Bésame —le pidió en voz baja, poniendo la mano en su mejilla—. Hazme tuya. Recuérdame que soy tu esposa y tu reina.

Su esposa y su reina. Mikael miró hacia afuera a través de las puertas de cristal, pero no vio el jardín. Solo el rostro de Jemma.

Él, al que tan bien se le daba crear orden, estructura y disciplina, no había planeado enamorarse de ella, ni desearla, ni necesitarla.

Se había casado con ella por sentido del deber y de la responsabilidad, pero su matrimonio se había transformado en una unión por amor, basada en la confianza, en el respeto.

Sintió vergüenza. Lo que había hecho era bueno para Saidia, pero no para ella. No podía encadenarla allí, a él, dejarla atrapada en Saidia. No podía hacerle eso. Se merecía mucho más.

Jemma estaba en la Cámara Zafiro, sentada en el suelo pintándose las uñas cuando Mikael entró, media hora más tarde. No llamó. Llevaba días sin hacerlo, dando por sentado que su habitación era la suya también. Que ella era suya. No había necesitado ocho días para enamorarse de él. Le había dado su corazón mucho antes... quizás aquel primer día en que la encontró haciéndose fotos en la arena.

Se quedó en silencio mientras terminaba de pintarse las uñas de un intenso verde menta.

—Sé que te gusta mucho el color verde —declaró con una sonrisa.

—¿Yo he dicho eso?

—Dices que te gustan mis ojos.

—Sí, tus ojos sí, pero no las uñas.

Jemma se rio y siguió con la tarea.

—¿Estás seguro de que no lo has dicho? Me parece que te flaquea la memoria.

—Y a mí me preocupa tu inventiva.

Ella sonrió, feliz, ridículamente feliz. Se sentía bien. Mikael le hacía sentirse bien, segura, amada. No le había dicho las palabras tal y como ella quería oírlas, pero sentía su amor en sus actos. Le comunicaba su amor cuando la acariciaba, con el calor y la pasión con que la besaba. Lo veía en sus ojos cuando hablaban, cuando bromeaban.

Aplicó una última pincelada a la uña del dedo gordo, cerró el frasco y lo miró.

–¿Qué puedo hacer por ti en esta preciosa mañana, amor mío?

El brillo divertido de su mirada se borró, y su expresión se tornó dura. Otra persona quizás no se habría dado cuenta, pero Jemma había pasado mucho tiempo estudiándolo los últimos días y el cambio no le pasó desapercibido.

–No tienes que hacer nada. Todo está hecho.

–No puede estar todo hecho –dijo ella, intentando bromear–. El Kama Sutra habla de cientos de posturas, y solo hemos probado... –cerró los ojos como si pensara–. ¿Cuatro o cinco?

–Pero bien practicadas.

–¿Ya te has cansado del sexo? –preguntó, fingiendo sorpresa.

–No –Mikael sonrió–, pero creo que tenemos que salir. Ir a alguna parte y hacer algo. Ponte el bañador, que nos vamos a la playa.

–¿En camello hasta la playa? Eso sí que va a ser divertido.

–Iremos en helicóptero hasta Truka, y luego en coche a la playa de Tagadir.

Llegaron a la entrada de la finca de los Karim poco después de mediodía. El acceso estaba custodiado por unas altas puertas de hierro forjado pintado en negro, y el largo camino hasta la playa estaba bordeado de hibiscos en flor.

El conductor les llevó la cesta de picnic hasta la arena y se volvió al coche. Un pequeño cenador de piedra se alzaba sobre la arena, y no había nada más a su alrededor. Era una playa maravillosa y muy íntima.

Después de comer, se dieron un baño, se secaron al sol, y volvieron a bañarse cuando el sol quemaba demasiado. Mikael volvió a la tolla, pero Jemma se quedó en el agua, disfrutando del baño.

Tenía la piel dorada de aquellos días de piscina en la casba, y sus ojos se veían aún más verdes. Con aquel bikini blanco, estaba deslumbrante. En aquel momento, la vio salir del agua retorciéndose la larga melena para escurrirle el agua.

Le gustaba mirarla, hablar con ella, hacerle el amor. Se complacía de su compañía y disfrutaba con su risa, más aún porque él tenía tendencia al silencio y la severidad, pero ella sabía sacar de él su lado más juguetón. Quererla le había abierto, había suavizado su corazón.

Tenía que devolvérsela a su familia, a aquellos que la querían y que deseaban lo mejor para ella, como su madre, Branson, su hermano, y sus hermanas, que la adoraban.

No estaba seguro de que fuera a entenderlo, y esperaba que no se tomara su decisión como un rechazo, sino como lo que era: puro deseo de protegerla.

Y no podía esperar más. No quería que sufriera, ni que confundiera la pasión con el amor. El placer la había deslumbrado, las endorfinas la habían seducido. Había una razón por la que los hombres de Saidia hacían el amor a sus esposas raptadas durante ocho días sin tregua. El sexo, el placer, era una droga, y los orgasmos frecuentes e intensos las ayudaban a unirse a sus maridos de modo que, al final de la luna de miel, no querían abandonarlo. Se habían vuelto adictas a su esposo. Necesitaban su olor, su contacto, las sensaciones que despertaban en ellas, y con cada acto sexual se reforzaba ese lazo, además de ser una ayuda para la procreación.

Mikael lo sabía, pero Jemma no.

Había llegado el momento de revelárselo.

Corrió sobre la arena para no quemarse los pies y fue a tumbarse junto a él sobre la toalla, sacudiéndose para mojarlo.

—Eres mala, ¿sabes?

Ella se burló de él imitando sus gestos, y Mikael sintió una necesidad imperiosa de tenerla, de tocarla, así que hundiendo las manos en su pelo mojado, la tumbó boca arriba y se colocó sobre ella para besarla. Sabía a agua de mar, al océano frío, lo que le hizo hervir la sangre. Saboreó su lengua, acariciándola, lamiéndola, hundiéndose en su boca hasta que la sintió estremecerse.

Entonces se colocó él boca arriba sobre la toalla y a ella la sentó sobre su vientre para que pudiera notar la presión de su pene erecto. Jemma suspiró contra su boca, y sintió que se acoplaba a él, a las formas de su cuerpo, suavizándose, con sus pechos llenos aplastados contra él, sus pezones endurecidos. Ella volvió a suspirar al notar cómo la acariciaba, apretándola entre sus manos, y gimió cuando la empujó contra él. Mikael estuvo a punto de gemir también.

Era maravillosa. Acariciaba sus caderas, sus nalgas de curva perfecta, la cara interior de sus muslos, todo ello mientras hundía la lengua en su boca, con un ritmo insistente que la hizo retorcerse sobre sí misma, temblando de anticipación, intentando acercarse aún más.

Deslizó las manos hasta el goma de su bikini y la encontró caliente y húmeda, y se frotó contra ella hasta encontrar su punto más sensible a través de la tela.

La vio abrir los ojos de par en par y jadeó. Le volvía loco oírla hacerlo, oírla jadear, contener el aliento, suspirar. Era tan hermosa, tan sensual, capaz de olvidarse de sus inhibiciones y perderse en él, en ellos, en su unión.

Siguió acariciándola entre las piernas, sintiéndola cada vez más caliente, más húmeda. Echó la cabeza hacia atrás, y con el pelo aún mojado y el halo del sol en torno a su cabeza, parecía una diosa del mar. La tumbó boca arriba, tiró de la braguita del bikini y se colocó entre sus piernas, acariciando los pliegues de su carne, deseando estar dentro, y la penetró con un solo movimiento, hasta lo más hondo de su cuerpo tenso como un arco.

La amó como sabía que a ella le gustaba que la amase, profunda, lenta e intensamente, y con su cuerpo intentó decirle todas las cosas que nunca iba a ser capaz de decirle con palabras.

Que le importaba demasiado.

Que era demasiado valiosa para él.

Que se merecía mucho más de lo que él era capaz de darle.

Capítulo 15

JEMMA se quedó tumbada en sus brazos sobre la toalla, descansando, feliz. No había lugar en el mundo en el que prefiriera estar más que allí, en sus brazos, sobre su pecho.

—¿Qué día es hoy? —preguntó, levantando la cabeza para mirarlo.

—Creo que he perdido la cuenta —contestó él, apartándole el pelo de la frente.

—¿De verdad? No me lo creo.

—Dímelo tú. ¿Qué día es?

—El día octavo, el último día y la última noche de la mitad de nuestra luna de miel.

Esperó a que dijese algo, pero solo hubo silencio.

—Esta noche sigues teniendo tú el control —continuó—, pero mañana me tocará a mí. Mañana seré yo quien lo dirija todo durante los próximos ocho días.

Sonrió, esperando con impaciencia a que Mikael dijera algo, algo cálido y sensual. Algo que le inspirase ánimos. Algo, lo que fuera. Pero no habló. Se limitó a mirarla con ojos sombríos y expresión grave.

—Te has quedado muy callado.

—He estado pensando mucho sobre esta noche.

—Yo también. Creo que ha llegado la hora de que me dejes complacerte.

—Creo que no va a haber «esta noche».

Jemma se quedó inmóvil.

—Solo... este día —añadió él.

Jemma no podía respirar. No podía pensar. No podía hacer nada de nada.

—Me casé contigo para que no tuvieras que quedarte en Haslam en arresto domiciliario durante siete años, pero ahora los ocho días se han terminado. He cumplido con mis responsabilidades como esposo, y puedo devolverte a Londres sin perder la honra.

No podía comprenderlo. Fue repitiendo sus palabras una a una, diseccionándolas, procesándolas, asimilándolas. No quería una octava noche con ella . No quería seguir casado. La iba a mandar de vuelta a Londres. Se humedeció los labios porque la boca se le había quedado seca.

—No entiendo.

—Hice lo que había que hacer —dijo Mikael tras un momento interminable que cortaba como una cuchilla.

Jemma se incorporó despacio.

—¿No tenías la intención de que fuera tu mujer de verdad?

—No es factible, ni realista. Mi madre no fue feliz en Saidia, y tú tampoco lo serías a largo plazo. Te irá mejor casándote con un estadounidense, o un europeo, un occidental que piense como tú.

—Entonces, todo este tiempo... estos ocho días con sus noches... ¿qué ha sido? ¿Solo sexo?

Él se encogió de hombros.

—Placer.

—Pero tú mismo dijiste que el placer puede conducir a más. Que puede conducir al amor.

—Me equivoqué.

Lo miró un instante y luego se volvió hacia el mar, intentando no dejarse llevar por el miedo, el dolor, la náusea. Aquello no podía estar pasando. No en aquel momento, no habiéndose enamorado de él, habiéndose entregado a él.

–¿Por qué me haces esto? –susurró–. ¿Por qué seducirme y fingir que significo algo para ti?

–Y siento algo por ti. Eso nunca he tenido que fingirlo. Sigo deseándote, pero me he dado cuenta de que lo que siento por ti va más allá, y no quiero atraparte aquí en Saidia. Necesitas algo más que este desierto y mis palacios. Necesitas el mundo en el que creciste.

–Esto no tiene nada que ver conmigo, sino con tu madre –le interrumpió–. Con la relación entre ella y tu padre, no con la nuestra –respiró hondo–. Yo no soy tu madre. No soy una inocente joven norteamericana que se cree enamorada de Rodolfo Valentino. He pasado por momentos muy duros, conozco la presión, el escarnio público, la vergüenza personal, así que no pienses por mí, ni tomes decisiones en mi nombre, al menos sin consultarme, porque sé muy bien lo que quiero y lo que necesito, Mikael, y eres tú.

–Tú no me conoces.

–No sé quién has sido en el pasado. No te he conocido de niño, ni de joven, pero sí sé quién eres ahora. Eres un hombre inteligente, valiente y sincero, de firmes convicciones y valores morales, y un deseo vehemente de hacer lo correcto. Eso es lo que me gusta de ti. Y te quiero por ello.

–Tú no me quieres. Te gusta el placer, las sensaciones...

–¡Eso es ridículo!

–No lo es. Te he seducido con el placer. He logrado que te sientas unida a mí con las hormonas del sexo y del orgasmo.

–¿Pero qué dices? –se escandalizó, y se puso de pie–. Me estás matando con esas palabras. Son venenosas, Mikael. Deshazte de mí si es lo que quieres. Llévame al aeropuerto ahora mismo, pero no digas una sola palabra más.

Él también se levantó.

—Estás siendo irracional.

—¿Ah, sí? ¿En serio? Te has pasado ocho días seduciéndome, haciéndome el amor en todas las posiciones imaginables, colmándome de regalos, asegurándome que, como esposa tuya, estaría protegida, segura. ¡Pues tu idea de la seguridad difiere mucho de la mía!

—¡Quiero que te vuelvas a tu casa para protegerte!

—¿De qué quieres protegerme así? ¿De los paparazzi? ¿De los medios de comunicación? ¿Del público sediento de sangre? ¿De quién?

—De mí —respondió ásperamente.

—A lo mejor ya es hora de que dejes atrás el pasado, tu odio y tu desprecio por ti mismo —le espetó, furiosa—. A lo mejor es hora de perdonar, porque estás muy decidido a ser justo con tu país y con tu pueblo, pero contigo no lo eres, Mikael Karim, no eres justo contigo mismo, y ahora mismo lo estás estropeando todo. Me tenías, tenías mi corazón, y acabas de tirarlo todo a la basura.

No hablaron mientras caminaban hacia el coche, ni tampoco cuando las puertas de hierro forjado se cerraron tras ellos. Jemma se volvió a mirar por última vez la brillante línea azul de la costa, y se secó rápidamente una lágrima.

Delante de ellos se extendía la arena dorada con un matiz rojizo, y el asfalto negro de la carretera vacía por la que el coche parecía volar, lo que le recordó a la casba, al Palacio Nupcial y a los ocho días que habían pasado allí. Todas las experiencias, las sensaciones, el placer, las emociones.

Mikael iba también mirando por la ventanilla, en silencio, perdido en sus propios pensamientos.

Todo era silencio hasta que notaron un brutal impacto lateral que los sacó de la carretera en un horrísono concierto de metal retorcido y cristales rotos.

El impacto los desplazó lateralmente, y un segundo impacto hizo que un deportivo rojo pasara volando por encima de ellos hasta caer en la arena. Su pesado sedán salió en la otra dirección y quedó también varado en la arena.

Todo volvió a ser silencio.

–¿Jemma? –Mikael se había vuelto hacia ella, que había quedado apoyada en la puerta y con la cara vuelta hacia afuera–. ¡Jemma! –repitió con más urgencia, y le tocó suavemente la cabeza. La mano se le humedeció. Era sangre.

La trasladaron en helicóptero al hospital de Ketama. Mikael voló con ella, sosteniéndole la mano. El chófer salió prácticamente indemne del accidente, con apenas algunos cortes producidos por los cristales y algunas magulladuras, como Mikael. El conductor del otro coche no necesitó ser trasladado. Había muerto en el acto.

Jemma estuvo horas en el quirófano. Los médicos tuvieron que reajustar las fracturas, luchar con la hemorragia interna y quitar fragmento a fragmento todos los cientos de cristales que se le habían quedado clavados. Luego pasó varios días muy sedada.

Mikael no quiso apartarse de su lado. Afortunadamente era el rey, y aquel hospital llevaba el nombre de su familia, así que nadie se atrevió a pedirle que se marchara. Los médicos decían que se iba a poner bien, pero que la mantenían sedada para ayudar a reducir la inflamación. No dejaba de darle vueltas a su viaje a Tagadir, a su reacción cuando le había dicho que quería que se volviera a Londres.

¿Habría sido cosa del karma aquel accidente? ¿Volvía a ser culpa suya?

Inclinándose sobre la cama, acarició el pequeño recuadro de mejilla que los vendajes dejaban al descubierto. Necesitaba verla con los ojos abiertos. Necesitaba oír su voz. Necesitaba disculparse, decirle que la quería y que esa era precisamente la razón por la que debía apartarla de su lado: para protegerla. No entendía lo mucho que significaba para él. Era la luz de su vida. Su otra mitad. Su mejor mitad. Su reina.

Aquella tarde, en la playa, le había dicho cosas muy duras, pero ciertas. Su batalla no era con ella, sino consigo mismo. No se gustaba como ser humano. No se quería, y no podía imaginarse a otro ser humano, y menos aún a ella, queriéndolo. Por eso la devolvía a un mundo del que él no formaba parte.

Cerró los ojos y apoyó la frente en un puño, intentando dejar de pensar, de recriminarse, de recordar. Debería haber sido mejor hijo con su madre. Debería haber censurado el comportamiento de su padre al saber que había mentido, que la había engañado, y haberla ayudado, apoyado y aconsejado. Pero no lo había hecho, y su madre había muerto sola, sufriendo terriblemente, y él no podía perdonarse por haber contribuido a ese sufrimiento.

Apretó el puño contra su frente. Estaría viva si la hubiera ayudado, si hubiera actuado cuando debía hacerlo. Habría sido fácil. Era, simplemente, una cuestión de orgullo.

Cerró los ojos y apretó, intentando contener las lágrimas. «Perdóname», pensó, y rezó nombrando a su madre.

Él no se merecía ayuda o protección, pero Jemma sí. «Ayúdala, madre. Ayuda a mi Jemma».

Y muy despacio se llevó la mano de Jemma a los labios.

No podría haber dicho cuánto tiempo estuvo así, con los labios pegados a su piel, pero no quería separarse de ella. La necesitaba. La quería. No podía ser el hombre que quería ser sin ella.

—Perdóname, *laeela* —susurró, agotado de la vigilia, pero incapaz de estar en ninguna otra parte.

Lentamente, Jemma abrió los ojos. Mikael se incorporó y le acarició la frente.

—Perdóname —le dijo—. Necesito que vuelvas. Necesito que estés conmigo.

—Perdóname... —repitió ella, y lo miró como si no lo viera—. ¿Mikael?

—Estás despierta.

—¿Dónde estoy?

—En el hospital de Ketama.

—¿Por qué?

—Hemos tenido un accidente.

Le costaba trabajo enfocar, pero sus ojos parecían los de siempre, claros, frescos y verdes.

Se humedeció los labios con la lengua.

—¿Tienes agua?

—Llamaré a la enfermera —dijo Mikael, y pulsó un botón en la cabecera de la cama—. ¿Te duele?

—Un poco. No mucho —frunció el ceño—. No recuerdo el accidente.

—No te preocupes. Fue una colisión tremenda, y es un milagro que estés aquí.

—¿Qué día es hoy? —preguntó Jemma un momento después.

—Lunes.

—No. Qué día de los ocho días.

—Once o doce. No me acuerdo.

—Ah —de repente, su expresión cambió—. No me quieres. Me mandas a casa.

—Mejor no hablemos de eso ahora.

—No me quieres.

—Jemma, *laeela* —suplicó.

Ella giró la cara y cerró los ojos.

—Quiero irme a casa.

A Mikael se le hizo un nudo en la garganta.

—No puedes irte a ninguna parte hasta que no estés mejor.

Jemma intentó incorporarse, e hizo una mueca de dolor.

—Quédate tumbada y no te muevas.

—No voy a permitir que tomes decisiones por mí —le espetó ella—. No pienso permitir que me manipules o me organices la vida, porque eres igual que todos los demás. Haces promesas que no pretendes cumplir, y no...

—Eso no es cierto —la interrumpió Mikael con vehemencia, pero luego bajó la voz—. Te quiero. No sé cómo ha ocurrido, pero es así. Yo no quería casarme por amor, pero el amor me ha encontrado en ti, y la única razón por la que te enviaba a casa era porque quería que recuperases tu libertad y tu futuro.

—¡Pero mi futuro está contigo! Mi casa es donde tú estés. Y tú... tú... —cerró los ojos y las lágrimas mojaron los vendajes—. A ti no te importa.

—Por supuesto que me importa —respondió él, besándola en la frente entre las vendas—. Me importas tanto que solo quiero lo que sea mejor para ti, y no estoy convencido de que Saidia lo sea. No lo fue para mi madre, que se sintió siempre muy sola.

—Pero yo no soy tu madre, y tú no eres tu padre. Nosotros podemos llevar nuestro matrimonio de otro modo. Podemos hacerlo bien, pero tienes que estar convencido. Tienes que luchar por ello.

—Y estoy luchando —dijo él en voz baja, acariciándola con ternura. Estaba llena de moretones, raspaduras, puntos, y resultaba más hermosa que cualquier otra mujer del mundo–. Lucho por nosotros, por ti. No he podido separarme de ti ni un segundo, porque temía que desaparecieras.

Jemma intentó sonreír, a pesar de las lágrimas.

—Estoy aquí.

Él sonrió también, y atrapó una lágrima antes de que le llegara al pelo.

—Sí, aquí estás, esposa mía, mi corazón, mi reina.

—No vuelvas a amenazarme con separarme de ti.

—No lo haré jamás. Vamos a hacer que esto funcione, y pasaremos días difíciles, de discusiones y sentimientos heridos, pero te prometo que estaré aquí para ti y contigo. Que estaremos juntos.

—No porque sea tu deber...

Mikael sonrió.

—No, no porque sea mi deber. Estaremos juntos porque eres mi amor, la reina de mi corazón.

Bianca

Aquel milagro fue más dulce que la más suave de las melodías

El multimillonario Zaccheo Giordano salió de la cárcel un frío día de invierno con una sola idea en la cabeza: vengarse de la familia Pennington, responsable de que hubiera acabado allí. Y pensaba empezar con su exprometida, Eva Pennington.

Cuando Zaccheo exigió a Eva que volviera a comprometerse con él si quería salvar a su familia, ella accedió. Ya que se trataría de un matrimonio de conveniencia, ella podría mantener en secreto que era estéril. Pero Zaccheo le dejó muy claro que su matrimonio sería real en todos los sentidos, y que quería un heredero…

SUAVE MELODÍA
MAYA BLAKE

Acepte 2 de nuestras mejores novelas de amor GRATIS

¡Y reciba un regalo sorpresa!

Oferta especial de tiempo limitado

Rellene el cupón y envíelo a

Harlequin Reader Service®

3010 Walden Ave.

P.O. Box 1867

Buffalo, N.Y. 14240-1867

¡Sí! Por favor, envíenme 2 novelas de amor de Harlequin (1 Bianca® y 1 Deseo®) gratis, más el regalo sorpresa. Luego remítanme 4 novelas nuevas todos los meses, las cuales recibiré mucho antes de que aparezcan en librerías, y factúrenme al bajo precio de $3,24 cada una, más $0,25 por envío e impuesto de ventas, si corresponde*. Este es el precio total, y es un ahorro de casi el 20% sobre el precio de portada. !Una oferta excelente! Entiendo que el hecho de aceptar estos libros y el regalo no me obliga en forma alguna a la compra de libros adicionales. Y también que puedo devolver cualquier envío y cancelar en cualquier momento. Aún si decido no comprar ningún otro libro de Harlequin, los 2 libros gratis y el regalo sorpresa son míos para siempre.

416 LBN DU7N

_____   _____

Nombre y apellido   (Por favor, letra de molde)

_____   _____

Dirección   Apartamento No.

_____   _____

Ciudad   Estado   Zona postal

Esta oferta se limita a un pedido por hogar y no está disponible para los subscriptores actuales de Deseo® y Bianca®.

*Los términos y precios quedan sujetos a cambios sin aviso previo. Impuestos de ventas aplican en N.Y.

SPN-03   ©2003 Harlequin Enterprises Limited